先生と子どもたちが詠んだ

学校俳句歳時記

刊行にあたって

鎌倉虚子立子記念館館長
りんり俳句大賞選考委員長　　星野高士

俳句は世界で最も短い十七音の文学です。

そうであるからこそ、あまり沢山のことは言えないのですが、読んでくれる人に何かを伝えなければなりません。研ぎ澄まされた言葉を使ってこそ一句に光が差し込むため、平凡な表現ではなかなか奥行きのある深みは出てはきません。

常日頃から俳句をつくる眼でものを見ていると、不思議と玉の如き言葉が浮かんでくるときがあります。それはだんだんと自分の感性が育まれ、芽生えてきている変化であると言ってよいでしょう。

江戸時代、芭蕉、蕪村、一茶によって伝達された一つの言葉の表現形式は、明治から昭和に至り子規、虚子に代表される人物を経て俳句として現在に伝えられ、今ではたくさんの人々が、心に残る情景、感動した気持ちを季題を通して十七音の言葉に凝縮し、表現することを楽しんでいます。

その日本の伝統文化とも言われる俳句に着目し、四季折々に俳句を通してことばを磨くことが現代の子どもたちの心の成長を図る好機となりうるであろうと考え、この「りんり俳句大賞」はスタートし、早いもので二十年が経過いたしました。季題を学ぶ中で、より身近に自然を感じ、親しみを持つこと、心情を十七音に凝縮し表現することによって、本来持っている感性を磨くこと、俳句を創作する機会を積み重ねることで表現力を高めることをねらいとしております。

そして何より、俳句は座の文学であると言われるように、先生と子どもたちが俳句を創作し、共に応募するこの試みが、子どもたちにとって教育現場の先生方とコミュニケーションを図る好機となることも併せて期待しています。

日本に生まれ育った季語をよく理解し、味わって自分の俳句を作ることを目指しましょう。美しいものを見て感動する心は誰もが持っているものですが、つい見過ごしてしまいがちな自然の移ろいや季節の変わり目に少し敏感になりながら過ごしていると、思いがけない新たな発見と出会えるかもしれません。その時の情景をしっかりと心に刻んで、俳句を作ってみてください。そして、本書が「りんり俳句大賞」に応募くださる一助となることを願っています。

目次

本書について

一．本書は、「りんり俳句大賞」の小学生の部、中学生の部、高校生の部、教師の部にご応募いただいた俳句を例句として採用した歳時記です。

二．例句には第十一回～二十回までの「りんり俳句大賞」に応募された二四万四四六三句の中から選ばれた優秀句が掲載されています。

三．前半は歳時記の要素を盛り込み、一般の歳時記に準じて、春・夏・秋・冬・新年の各季語を、「時候」「天文」「地理」「生活」「行事」「動物」「植物」の順で収録してあります。

四．季語は例句のある重要な季語を中心に紹介しています。傍題も付し、また収録されている関連季語は解説の最後に示しています。季語には全て読み仮名を現代仮名遣いで付しています。

五．例句の作者については、都道府県と学年もしくは先生の作品であることがわかるように表記しています。俳句創作や鑑賞を行う際の目安になるでしょう。

六．表記は常用漢字、現代仮名遣いを基本としていますが、例句として掲載されている俳句は応募時の表記を原則生かすかたちにしています。歴史的仮名遣いを用いている場合は、括弧書きで現代仮名遣いを示しています。

【例】夕もみぢ(じ)明日よいことありそうな

七．俳人の監修者による「よりよい俳句づくりに必要なポイント」「俳句鑑賞の勘所」「吟行にでかけましょう！」が収録されています。俳句創作に大切なことを吸収しながら、これまでとは一味違った俳句創作に挑戦いただけますならば幸いです。

八．巻末には各季節の主要季語の一覧を収録してあります。色々な季語に触れながら、今後の句作へのヒントとしてご利用ください。

文部科学大臣賞

蝸牛宇宙を目指し背伸びする

本田崇真（埼玉県・川越市立福原中学校二年　第十一回）

寒稽古袴を通る声と風

勝見魁人（静岡県・静岡市立大川中学校一年　第十二回）

やさしい絵光でえがくほたるたち
安井　直（広島県・東広島市立平岩小学校六年　第十三回）

自転車の籠に夕焼載せてをり
渡部桜桃（愛媛県・松山中央高等学校二年　第十四回）

お茶わんに顔近づける栗ごはん
青木紗菜（東京都・墨田区立小梅小学校五年　第十五回）

風を切る音を残して弓始
本藤加捺（愛媛県・済美高等学校一年　第十六回）

大学のパンフレットに花の雨

中野渡瑞希（青森県・七戸高等学校三年　第十七回）

ハンガーに制服かけて年用意

真勢里奈子（青森県・むつ市立大湊中学校二年　第十八回）

菜の花やすぐ海に出る伊予の道

榊原希実（愛媛県・済美高等学校二年　第十九回）

夏燕駅から空へ飛んでゆく

鈴木祐介（東京都・杉並区立高井戸第四小学校四年　第二十回）

上廣倫理財団会長賞

春近しとなりの席は好きな人

下田　望（三重県・紀南高等学校二年　第十一回）

春風が私のよこをすりぬける

筒井四葉（愛知県・豊田市立山之手小学校五年　第十二回）

思い出の手紙見つけた大掃除

東　穂香（千葉県・千葉市立新宿中学校一年　第十三回）

似たような顔がいっぱいお正月

中村一斗（新潟県・小千谷市立吉谷小学校六年　第十四回）

宿題をしない言い訳蝉の声

大内音咲（茨城県・常陸太田市立峰山中学校二年　第十五回）

雪とけてゆうぐたくさん出てくるよ

幅野悠音（岐阜県・飛騨市立河合小学校三年　第十六回）

大晦日母の背を見てごはん待つ
石井大也（埼玉県・神川町立丹荘小学校四年　第十七回）

送り火や祖父の遺したマッチ箱
石井佑典（茨城県・江戸川学園取手高等学校二年　第十八回）

図書室にならぶ新刊秋日和
相生梨乃（東京都・江東区立第六砂町小学校五年　第十九回）

居残りの教室広し秋夕焼
小川ののか（千葉県・千葉市立幸町第一中学校二年　第二十回）

鎌倉虚子立子記念館館長賞

手づくりの貝のブローチ秋の空

黒田千乃（愛媛県・愛南町立家串小学校六年　第十一回）

両手では掬いきれない春の色

瑞慶山雄太（埼玉県・桶川西高等学校二年　第十二回）

ソーダ水遠いところに戦あり

藤岡磨美（愛媛県・伯方高等学校二年　第十三回）

夏来る元気なだけで褒められる

砂川力哉（宮城県・大河原町立大河原中学校三年　第十四回）

庭の木が知らせてくれた春の風

亀田裕太（茨城県・古河第二高等学校二年　第十五回）

鉛筆がすらすら走る夜学かな

播摩真子（青森県・むつ市立むつ中学校一年　第十六回）

休日の眠りを覚ます初嵐

菊池圭祐（愛媛県・八幡浜市立保内中学校二年　第十七回）

手袋をかたてににぎり走る朝

日向瑛美（岩手県・葛巻町立江刈小学校五年　第十八回）

スキー場の何処かに帽子落としけり

金川浬久（愛知県・名古屋中学校二年　第十九回）

陽だまりの匂ひ辿れば冬の蝶

川口十南（沖縄県・首里高等学校三年　第二十回）

春の句

暖か（あたたか）

春暖（しゅんだん）・暖（だん）たかし・暖（だん）たけし・ぬくし（三春）

秋や冬も暖かく感じることはありますが、「暖か」は春の季語です。セーターやストーブが暖かいというのではなく、気候が暖かい場合に、「暖か」は季語になります。俳句の世界では、春は「暖か」、夏は「暑し」、秋は「冷やか」、冬は「寒し」と四季の気温の感覚を季語にしています。

あたたかやお寺に行ってアメもらう

兵頭斗武（小二・愛媛県）

麗か（うららか）

うらら・うららけし（三春）

「麗か」とは、景色がきらきらしているような、うつくしさのことです。このことから、人の心が晴れ晴れとするような、何とも言えない気持ちになることも指すようになりました。他の季節の季語に「秋麗」「冬麗」がありますが、「春麗」とは言いません。それだけ、麗かといえば春というイメージが定着しています。

春うらら使うノートをまちがえた
安田心優（中一・茨城県）

麗かやサイドスローの腕しなる
小笠原祐子（教師・岩手県）

春（はる）の朝（あさ）

春朝（はるあした）・春（はる）あした・春（はる）の暁（あかつき）・春（はる）の曙（あけぼの）（三春）

夜が明けてすっかり明るくなった時間を「春の朝」と言います。早起きした日の気分は良いものです。その前の少し暗い時間を「春暁」と言います。「春は曙。ややうしろくなりゆく山際」と、『枕草子』にも詠われています。一日の中でも夜明けの時間が一番趣き深いということですね。

パンよりもご飯が好きだ春の朝　芮　誠（小六・東京都）

春の朝大きな服に袖通す　小峯優心（高一・埼玉県）

春の昼（はるのひる）

春昼（しゅんちゅう）（三春）

春の昼間はぽかぽかとした陽気から時間がゆっくりと流れるように感じます。ついい、気持ちよく昼寝などをして過ごしてしまいがちです。蝶が悠々と飛び回っていたり、桜の花びらがくるくると散っていたり、何もかもがゆっくりと動くように感じられる時間です。

消しゴムで消してはあくび春の昼　　芥香野子（小四・千葉県）

春(はる)の暮(くれ)

春暮(しゅんぼ)・春(はる)の夕(ゆう)・春夕(はるゆう)べ（三春）

「春の暮」は春の夕方のことです。秋の暮はあっという間に日が暮れ、大変物寂しいものですが、春は毎日日暮れが遅くなる分、ゆったりとした時間が流れてゆきます。夕方になっても明るいので、うっかり友達と時間の経つのを忘れて外で遊んでしまいそうです。関連季語→秋の暮（148ページ）

黒板の消し跡残る春の夕

宮崎美蘭（中一・宮城県）

春の夜

春の夜・春夜・夜半の春（三春）

「春の夜」は春の夜中のことです。また、夜になったばかりの時間を「宵」と言います。「春の宵」も季語です。夜の時間は夕、宵、夜と変化していきますが、春の夜は空気がどことなく華やかに感じられます。

春の夜やお風呂あがりのレモネード

佐野智哉（中二・茨城県）

新天地一人米研ぐ春の夜

浜田　潤（教師・鹿児島県）

初春（しょしゅん）

早春（そうしゅん）・孟春（もうしゅん）・春（はる）の初（はじ）め（初春）

初春とは、立春からひと月ほどの時期のことです。まだまだ寒いですが、梅が咲き始めたり、蕗（ふき）の薹（とう）が地中から顔をのぞかせるなど、目をこらすと春らしい様子がちらほらと見え始めます。まだまだ春が本格化していないことを「春浅し」と言います。同じ「初春」と書いて「はつはる」と読むと新年の季語となるので気をつけましょう。

早春の扉はすこし開けておく

松井紀美恵（教師・熊本県）

春寒（はるさむ）

春寒（しゅんかん）・春寒し（はるさむし）・寒き春（さむきはる）・春の寒さ（はるのさむさ）・料峭（りょうしょう）（初春）

春になっても感じる寒さを春寒と言います。まだ暖かくならなくとも、もうすぐ寒さが終わると分かれば、春の寒さの中にも希望が感じられます。この時期の寒さは色々な形で感じられますが、特に春の風から感じるものを「料峭」と言います。

さびしさと春の寒さがあるばかり

川﨑凜玖（中一・高知県）

四月（しがつ）

四月来る（しがつくる）・四月冷ゆ（しがつひゆ）・四月寒む（しがつさむ）（晩春）

多くの花が咲き始め、様々な鳥の声を聞くようになる頃です。また、四月は入学や進級など、新しい出会いの多い月です。「一月」「二月」「三月」と他の月も全て季語になりますが、年度の変わり目のため多くの人にとって、特別な始まりの季節感を感じられる月は、「四月」ではないでしょうか。

教科書が勝手に閉じる四月かな

髙橋綾香（中二・東京都）

春深し（はるふかし）

春闌く（はるたく）・春闌（はるたけなわ）・春更く（はるふく）・深き春（ふかきはる）・春深む（はるふかむ）（晩春）

桜も散りの盛りを過ぎたころになると、春が深まってきたと感じます。そのような気分を「春深し」と言います。春の終わりを意味する季語には「行く春」「暮の春」「夏近し」などがありますが、「深し」の部分に、すっかり暖かくなった季節の移ろいが感じられます。

カーテンの確かな厚み春深し

北本晃大（高二・愛知県）

春惜しむ

惜春・三月尽・春を惜しむ（晩春）

春は過ごしやすい気候で、草花も目覚める楽しい季節です。しかし、やがて終わりがやってきます。夏が迫り、春の残り少なくなってきたころに、楽しかった春を思い返す気持ちが湧いてきます。「春惜しむ」は季節を大切にする心が表れている言葉です。

日の差して机の本に春惜しむ

小寺れいこ（中二・岡山県）

フルートの音色桃色春惜しむ

阪本　咲（高三・岡山県）

花冷え（はなびえ）

花曇（はなぐもり）・花の冷え（はなのひえ）（晩春）

桜の咲く頃は暖かく、外に出るだけでもウキウキします。ですが、この時期は急に寒くなることもあります。これが「花冷え」です。また、花曇と言って、曇りの日も多いです。花の咲く美しい季節に訪れる寒さはとても意外なため、そこに趣を感じます。

晴天に墨を垂らせば花曇

菅原秀斗（高一・秋田県）

春（時候）

花冷や診察室は立方体

福岡日向子（高三・愛媛県）

花冷や母とパスタを茹でている

仲保麻子（高三・山口県）

夏近し（なつちかし）

夏隣る（なつとなる）・夏隣（なつどなり）（晩春）

日の出の時間が早まり、山も町も生き生きとした緑にあふれ、もうすぐ夏になるのを感じることです。春を惜しむ気持ちよりも、夏の訪れを楽しみにする気持ちが「近し」という言葉に表れています。

自転車で風にふかれて夏近し

青戸裕介（高三・島根県）

白線を越えてゆく子ら夏隣　　下山桃子（教師・東京都）

春(はる)の雪(ゆき)

淡雪(あわゆき)・牡丹雪(ぼたんゆき)・春雪(しゅんせつ)・春吹雪(はるふぶき)（三春）

春になっても、気まぐれに雪が降ることがあります。「春の雪」は四月ごろになっても降ることがあります。降っても儚く消えてしまうので、「淡雪」とも言います。冬に降る雪に比べて、春の雪は粒が大きく柔らかいので、花の牡丹にたとえて「牡丹雪」とも言います。

山の上かすかに光る春の雪　　茂木智宇（小六・埼玉県）

春光（しゅんこう）

春色（しゅんしょく）・春の色（はるのいろ）（三春）

春光は春の景色という意味の季語です。光景という言葉があるように、光という文字には、景色という意味があります。最近では春光を春の日差しという意味でも使います。春の景色には光が柔らかく降り注いでいることが多いので、両方の意味を使って俳句を詠むこともできます。

春光や紙飛行機の不意に落つ　加藤千晶（高三・石川県）

霞（かすみ）

春霞（はるがすみ）・薄霞（うすがすみ）・朝霞（あさがすみ）・昼霞（ひるがすみ）・夕霞（ゆうがすみ）・遠霞（とおがすみ）・霞む（かすむ）・霞渡る（かすみわたる）・霞立つ（かすみたつ）（三春）

霞とは、空気中の水分が増えて、景色がぼんやりと見えることです。霧よりも少しほのかな柔らかさが感じられます。他の季節も景色が霞んで見えることがありますが、単に「霞」といった場合は、春の霞を意味します。「朝霞」「夕霞」という季語はありますが、「夜霞」という季語はありません。夜霞の代わりに「朧」という季語があります。関連季語 ↓ 朧（35ページ）

島包む神の息吹か春霞

半田朱里（教師・広島県）

朧（おぼろ）

朧月（おぼろづき）・朧夜（おぼろよ）・朧めく（おぼろめく）（三春）

朧とは、空気中の水分が増えて、夜の景色がぼんやりと見えることです。いつもと同じ景色でも、朧を通して見るとベールに包まれたようで、雰囲気が違って見えます。目に見えるものの中でも、特に月は光が柔らかく見えて美しいので、「朧月」一つで季語とされます。

あと一点負けた空には朧月　小林大河（中三・埼玉県）

出航の汽笛響きて朧かな　西村水澪（高三・秋田県）

春の雷（はるのらい）

春雷（しゅんらい）・初雷（はつらい）（三春）

雷は気象現象の一種です。単に「雷」と言うと夏の季語ですが、春雷と言うと春の季語になります。ひどく怒られることを指す「雷が落ちる」という言葉があるように、雷は怖いものの代表です。夏の本格的な雷は勢いも強いですが、春の雷は音や光も柔らかく感じられます。虫が地上に出てくる啓蟄の時期に鳴る雷を、「虫出し」と言います。関連季語 → 雷（85ページ）

春雷やカレーライスの匙光る　　千吉良岳（教師・青森県）

陽炎（かげろう）

糸遊（いとゆう）・遊糸（ゆうし）・陽炎燃（かげろうも）ゆ（三春）

熱くなった道路の上を見ると、透明の何かが揺らいで見えることがあります。よく見ると、道路以外でも同じようなことがあり、時には燃えているように見えることもあります。これが陽炎です。見た目も不思議な陽炎ですが、「糸遊（蜘蛛の子が糸に乗って空を飛ぶこと）」「遊糸（あるかないかわからないもの）」「野馬」など、言い換えにも不思議なものが沢山あります。

陽炎や津波到達点高し

千田洋平（高三・岩手県）

春塵（しゅんじん）

春の塵（はるのちり）・春埃（はるぼこり）・黄塵（こうじん）（三春）

春塵とは、春に舞い上がる塵（ちり）のことです。塵のようなものでも、季節感があれば季語の一つとされます。春は雨が少なく風が強いので、塵がよく巻き上がります。そのため、春の季語とされています。花粉症の人にとっては、厄介な花粉から春の塵を感じることが多いかもしれません。

春塵や皆が背を向け知らぬふり

浪岡宏佑（高一・青森県）

春（天文）

風光る（かぜひかる）

光風（こうふう）・光風裡（こうふうり）（三春）

春は日差しが強くなります。吹いている風もがきらきらと輝いているように見えることを、「風光る」と言います。目に見えないはずの風が光って見えるくらいですから、その他の景色はもっと輝いていることでしょう。春の訪れを満喫していることが感じられる季語です。

先生のチョークのリズム風光る　王　子睿（小六・東京都）

風光る竿におおきな父のシャツ　加藤千晶（高二・石川県）

直線のマラソンコース風光る　外山歩佳（高三・岩手県）

春の風（はるのかぜ）

春風（はるかぜ）・春風（しゅんぷう）・春一番（はるいちばん）・春疾風（はるはやて）・東風（こち）（三春）

春は風が強くなる季節です。冬の厳しく鋭い風に比べて、春は大らかに吹きます。桜の花びらが一斉に降るのも、のどかに吹く春の風があってこそです。「春一番」「春疾風」「東風」「風光る」と、春の風にも様々な季語があって、使い分けると日本語の深さを味わえます。関連季語 ↓ 風光る（39ページ）

屋根うらで遊んでいると春の風　荒木華巳（小四・北海道）

新しい自転車こげば春の風　中根舞美（中一・愛知県）

制服のしつけ糸切り春の風　福田敦子（教師・千葉県）

春の空

春空・春天（三春）

東西に長く広がる日本の気候はさまざまですが、雪国では冬は曇りの日が多く、暗くなりがちです。柔らかい青色が広がる空は、春の訪れを感じさせます。夏空の爽やかな力強さとは違い、明るさの中にぼんやりと靄がかかるような柔らかさが春ならではの味わいです。

春の空けってせいこうさか上がり
尾原美菜（小二・鹿児島県）

放課後の窓から見える春の空
横山朋花（高二・群馬県）

花の雨（はなのあめ）

花時の雨（はなどきのあめ）（晩春）

「花の雨」とは、桜の咲く時期に降る雨のことです。花の雨が降ると少し寒くなりますが、桜の花びらの間からこぼれ落ちる雨は、美しくもあります。お花見と言えば、暖かい日に賑やかに楽しむのが一般的ですが、雨の日の桜を静かに眺めるのも、なかなか趣き深いものです。

論文の結論見えず花の雨

滝下真央（中二・愛媛県）

春泥（しゅんでい）

春の泥（はるのどろ）・春泥道（しゅんでいみち）（三春）

春は雪が解けることから、水が多くなる季節でもあります。霜や雪が解け、いたるところの土がぬかるみます。泥という言葉にはあまりきれいなイメージがありませんが、春の泥は深く降り積もった雪が無くなった証拠であり、明るい気持ちになります。

春泥をゆっくり踏んでみる夜明け

田外美緒（高三・愛知県）

春の川（はるのかわ）

春川（はるかわ）・春江（はるえ）・春の江（はるのえ）・春の瀬（はるのせ）（三春）

冬は雨があまり降らず、また水が凍ったりするため、川の水が少なくなります。雪が解けた後の春の川は水が満ちてきて、様子が一変します。のどかな表情を見せたり、新しい季節の始まりを感じさせてくれたりします。「夏の川」「秋の川」「冬の川」も季語になります。どの季節とも違った雰囲気を捉えられることが、春の川の俳句を詠むときの面白さです。

春の川あっちこっちで鳥の声

大塚祐実（小三・岐阜県）

春の山（はるのやま）

山笑う（やまわらう）・春山（はるやま）・春嶺（しゅんれい）（三春）

「春の山」とは、春の時期の山のことです。冬には白や茶色だった山々が、春になると緑色になります。春が深まって色々な花が咲けば、よりいきいきと感じられます。その様子から、春の山を「山笑う」とも表現します。イラストなどで太陽や雲が笑っていることがありますが、昔の人には山が笑っているように見えたのかもしれませんね。

春の山町を見ながらお弁当　西川麟翔（中一・愛媛県）

気がかりなことのいくつか山笑ふ(う)　杉山　学（教師・秋田県）

雪解(ゆきどけ)

雪解(ゆきげ)・雪解水(ゆきげみず)・雪解川(ゆきげがわ)・雪解野(ゆきげの)・雪解風(ゆきげかぜ)（仲春）

春になると雪国では積もっていた雪が解け始めます。雪遊びは楽しいですが、降り積もると、出かけるのが大変です。そのような雪が解けると、暖かい季節の到来にほっとします。同時に、山から解けだした雪解け水が川に集まり豊かな流れを作ります。雪が消えて土が顔を出せば、草花の芽生えまであと少しです。

雪とけてゆうぐたくさん出てくるよ　幅野悠音（小三・岐阜県）

雪解けの水音だけの世界かな　長崎真紀子（高三・茨城県）

石鹼玉（しゃぼんだま）（三春）

石鹼玉は春に限った遊びではありませんが、春らしいのどかな雰囲気がこの季節とぴったりですね。七色を浮かべた玉を、うららかな季節の風に乗せて遊んだことがある人は多いでしょう。大きくなると石鹼玉で遊ぶことは少なくなりますが、時折小さい子が吹いているのを見かけると、楽しい気持ちになります。ふんわりと気まぐれに漂う様子が、春らしいです。

おつかいの途中で見えたしゃぼん玉　三木優太朗（小六・富山県）

しゃぼん玉割れたら見える次の空　亀山桜華（高二・群馬県）

主語動詞補語目的語しゃぼん玉　篠崎明子（教師・茨城県）

風船（ふうせん）

風船売（ふうせんうり）・紙風船（かみふうせん）（三春）

風船は空気で膨らませて遊ぶ、玩具の一種です。風船は一年中ありますが、ふわふわしていてカラフルなのが春にぴったりです。遊園地や駅前広場に、風船を膨らませてくれる「風船売」がやってくることもあります。紙風船は紙で出来た風船で、手でぽんと叩いて遊びます。

ふうせんを大きく包む青い空

山本愛香（中三・千葉県）

ぶらんこ

ふらここ・鞦韆（しゅうせん）（三春）

ぶらんこは公園などにある、遊具の一種です。一年中ぶらんこで遊んでいる子も多いですが、春の季語とされています。昔は「鞦韆」と呼ばれ、春の行事の一環で遊ばれていました。ぶらんこは「ふらここ」とも言います。「ふらここ」は、ぶらんこの動きをそのまま音にしたような、やわらかな言葉です。

ぶらんこで私の心ゆれている

酒辺結衣（小五・佐賀県）

鞦韆を漕ぐ度そらのおちてくる　　安谷屋俊（高三・沖縄県）

春愁（しゅんしゅう）

春愁（はるうれい）・春愁う（はるうれう）・春かなし（はる）・春思（しゅんし）（三春）

春愁とは、春に感じる不安な気持ちや悩みのことです。春は憂鬱になりやすい季節です。ぼんやりとした気持ちで散歩してみたり、窓辺で頬杖をついてみたりと、無意味な時間を過ごしがちです。人生は目標を持って行動することも大事ですが、時にはこんな時間を過ごすことも悪くありません。

コーラより抜ける炭酸春愁　　本多伸也（教師・石川県）

大掃除（おおそうじ）　（仲春）

大掃除とは、学年の終わりごろに一斉に行う掃除のことです。普段から掃除をしていても、いつの間にか不要なものが溜まってしまうものです。学校に限らず、新年度を迎えるためにも、大掃除は必要です。十二月の年末にも大掃除をしますが、そちらは「煤払」という季語を使います。

大そうじこんな所にえんぴつが
小檜山人喜（小三・茨城県）

リモコンが行方不明の大掃除
岩清水仁陽（中一・青森県）

大試験（だいしけん）

落第（らくだい）・卒業試験（そつぎょうしけん）（仲春）

大試験とは、進級や卒業のための試験です。合格すれば無事進級できますが、一方、不合格になると、一年の勉強がやり直しになるので、とても緊張します。残念ながら不合格になることを「落第」と言います。これも春の季語の一つです。

一斉につむじを見せて大試験

宮内香宝（教師・青森県）

卒業（そつぎょう）

卒業式（そつぎょうしき）・卒業生（そつぎょうせい）・卒業期（そつぎょうき）・卒業歌（そつぎょうか）・卒園（そつえん）・卒業証書（そつぎょうしょうしょ）（仲春）

学校で決められた課程を全て終えて、学校を通い終えることを「卒業」と言います。卒業式ではその証しとして卒業証書が授与されます。卒業をきっかけに、離れ離れになる友達もいるかもしれません。卒業が近づくと、最後に友達との一緒の時間を過ごしたり、次の進路の準備のために、希望を感じる日々が続きます。この時期を「卒業期」と言います。

ランドセル最後までいっしょ卒業す　杉浦隆一（小六・愛知県）

卒業式友と最後の帰り道　日田内俊徳（中三・山口県）

聴くだけの校歌かみしめ卒業す　赤荻佐知子（教師・茨城県）

春（生活）

新学期（しんがっき）

進級（しんきゅう）・新学級（しんがっきゅう）（晩春）

新しい学期が始まることです。新学期になると、新しいクラスに馴染めるか、授業についていけるか、心配なことが沢山あります。とはいえ、新しい気持ちで日々を過ごすのも、良いものです。大人になると学期や学年がなくなります。在学中だけに感じられる季語です。

弟のらくがき消して新学期

田島圭悟（小四・東京都）

新学期声裏返る教師かな

佐藤　功（教師・埼玉県）

入学（にゅうがく）

入学式（にゅうがくしき）・入学児（にゅうがくじ）・新入生（しんにゅうせい）・一年生（いちねんせい）・入園（にゅうえん）・進学（しんがく）（晩春）

新しい学校に通い始める節目が入学です。児童・生徒や家族にとっての一大イベントです。入学式では入学生や上級生が勢ぞろいして、校長先生や来賓の方々の話を聞きます。入学式が終わると、校門で家族と記念写真を撮影するなど、皆で節目の日を喜びます。

かわいいね新入生の歩き方　佐野絢香（小六・山梨県）

入学で親が号泣はずかしい　金山雄海（中一・山口県）

新品のヘアゴム入学式前夜　古市桃子（教師・群馬県）

雛祭（ひなまつり）

雛納め（ひなおさめ）・雛遊び（ひなあそび）・雛壇（ひなだん）・雛人形（ひなにんぎょう）・雛菓子（ひながし）・雛合（ひなあわせ）・ひいな・雛の宿（ひなのやど）（仲春）

三月三日、女子の健康を祈る行事です。真っ赤な毛氈という布を敷いた雛壇に、豪華な衣装を着た雛人形を飾ります。人形によって表情や持ち物が違うので、比べてみると面白いです。「菱餅」や「雛あられ」が楽しみな人も多いかもしれません。雛祭が終り、雛人形を片づけることを「雛納め」と言います。

桃色の越前和紙や雛納め

松下浩子（教師・石川県）

遠足（えんそく）

遠足児（えんそくじ）・遠足の列（えんそくのれつ）（晩春）

クラスメイトや先生と遠出することです。楽しみな人も多いでしょう。夏や秋に遠足に行く学校もありますが、俳句では春の季語とされています。春にはクラス替えがあったりしますが、遠足で同じ時間を過ごしながら新しい友達を作るチャンスです。

遠足でついたときには雨がふる　並里蔵乙（小三・沖縄県）

見わたせば空が輝く遠足日　鎌田皆愛（小六・青森県）

遠足はいつもと違う風の声　熊谷　翔（中三・宮城県）

蛙（かえる）

蛙（かわず）・遠蛙（とおかわず）・初蛙（はつかわず）・昼蛙（ひるかわず）・夕蛙（ゆうかわず）・夜蛙（よかわず）（三春）

「古池や蛙飛びこむ水の音」という俳句は有名ですが、この句の季語が蛙です。田んぼに水が張られるようになると、地中で眠っていた蛙も目覚め、元気に鳴き出します。あまりに大きい声なので、遠く離れても聞こえることがあります。遠くから鳴き声が聞こえる蛙を「遠蛙」と言います。「殿様蛙」「赤蛙」など、具体的な蛙の名前も春の季語です。「雨蛙」「青蛙」「蟇」のように、蛙の種類によっては夏の季語になります。

関連季語 ↓ 青蛙（124ページ）

眠そうにぼくを見上げるカエルかな

木内太一（小六・山梨県）

蝶（ちょう）

初蝶（はつちょう）・黄蝶（きちょう）・紋白蝶（もんしろちょう）・紋黄蝶（もんきちょう）・大紫（おおむらさき）・蝶々（ちょうちょ）（三春）

「夏蝶」「秋蝶」「冬蝶」も季語ですが、単に「蝶」と言ったときは春の蝶を指します。春の蝶は他の季節の蝶に比べて、ひらひらと飛ぶ姿が柔らかい印象を与えます。春の蝶は色も明るく、見かけると春らしい気分にさせてくれます。その年初めて見つけた蝶を「初蝶」と言い、これも春の季語です。関連季語 ↓ 夏蝶（122ページ）

公園に誰も居ないが蝶は舞う　竹田文奈（中三・埼玉県）

蝶覗く母の作りしお弁当　笠原真美（高二・埼玉県）

交差点右に曲がりて蝶に会ふ（う）　田中萌子（高三・愛媛県）

囀（さえずり）

囀る（さえずる）・鳥囀る（とりさえずる）（三春）

鳥たちの鳴き声のことを囀と言います。春になると鳥たちは恋の季節を迎えます。明るい声で鳥たちが鳴いているのを聞くと、人間も明るい気持ちになります。よくよく聞いてみると、色々な種類の鳥が、いつもとは違った声で鳴いていることが分かります。鳥の姿も見えたらうれしいですが、簡単には見つけられません。

囀や青き陶器のオルゴール　金川浬久（中三・愛知県）

囀や方位磁石の針狂う　里舘園子（高三・岩手県）

燕（つばめ）

燕来る（つばめくる）・初燕（はつつばめ）・つばくろ・つばくら・つばくらめ・飛燕（ひえん）（仲春）

燕は家の軒先などに巣を作る、人間に身近な鳥です。秋になって寒くなると南へ旅立ってしまいますが、翌年の春にはまた同じ巣に帰ってきます。これを「燕来る」と言います。「初燕」はその年初めて見つけた燕のことです。

風を切る刃のごときつばめかな　　高橋あかり（中二・群馬県）

会いたいと思う燕の遠ざかる　　高原未来（高三・岡山県）

消防団分団詰所燕来る　　山本　新（教師・東京都）

春（動物）

鳥帰る（とりかえる）

帰る鳥（かえるとり）・鳥雲に入る（とりくもにいる）・鳥雲に（とりくもに）・小鳥帰る（ことりかえる）（仲春）

秋にやってきた渡り鳥が、暖かくなってきたので北国に帰ってゆくことです。白鳥、雁などの大きな鳥や鶫などの小さなものまで多くの種類の鳥がこれにあたります。鳥影が遥か彼方に小さくなってゆくと、少し寂しくなります。渡り鳥は雲の中へ飛び立って行くので、「鳥雲に入る」とも言います。また、省略して「鳥雲に」と表現することもあります。

校庭を蹴って鉄棒鳥雲に

三好景子（教師・愛媛県）

桜鯛（さくらだい）

花見鯛（はなみだい）・乗込鯛（のっこみだい）（晩春）

春の産卵期になると、明るい桜色になる真鯛を、桜が咲く時期になぞらえて桜鯛と呼びます。桜鯛は大きいので、丸々一匹見ることは稀です。魚市場などに行く機会があれば、ぜひ探してみてください。

群青の海を叩いて桜鯛

横山俊輔（教師・長崎県）

木の芽（このめ）

木の芽雨（このめあめ）・木の芽風（このめかぜ）・芽立（めだち）・木の芽張る（このめはる）・木の芽山（このめやま）（三春）

春になって出てきた木の芽のことです。木の芽が開くと新しい葉が出てきます。

木の芽が出てくる時期の雨や風を「木の芽雨」「木の芽風」と言います。季語の木の芽は読み方に注意が必要です。同じ漢字でも、「きのめ」と読んだ場合は、山椒の芽を意味します。山椒の芽も春の季語です。

音割れの町内無線木の芽雨　　難波晴菜（高二・愛知県）

教室に入りたそうな木の芽かな　　辻　優香（高四・茨城県）

蒲公英（たんぽぽ）

鼓草（つつみぐさ）・白（しろ）たんぽぽ・蒲公英（たんぽぽ）の絮（わた）（三春）

小さな黄色や白の花を咲かせる野の花です。忍耐強い花で、道端や野原など、あちこちで見かけます。花を咲かせてしばらくすると、真っ白な綿毛をつけます。綿毛は強い風が吹くと飛ばされて、種と共に遠くへ旅立って行きます。

たんぽぽのわたげは白い雲になる　柴田陽貴（小四・東京都）

タンポポをふまないように守備をする　五十嵐太陽（小六・群馬県）

あの頃を思うたんぽぽ返り花　谷開優斗（高一・岐阜県）

梅（うめ）

白梅（はくばい）・紅梅（こうばい）・梅（うめ）が香（か）・梅林（ばいりん）・梅園（ばいえん）・梅（うめ）の宿（やど）・梅見（うめみ）・観梅（かんばい）・夜（よる）の梅（うめ）（初春）

梅は花の兄とも呼ばれる花です。立春を迎えると、どの花よりも早く咲き始めるためです。花の少ない時期に、良い香りを漂わせます。白や赤の梅は「白梅」「紅梅」

という季語になっています。梅と言ってまず思いだすのは酸っぱい「梅干」ですが、こちらは夏の季語です。

白梅の香り漂ふ台所　　村上更紗（高一・岡山県）

くっきりと富士見える日の梅の花　　杉山美知子（教師・静岡県）

蕨（わらび）

蕨飯（わらびめし）・初蕨（はつわらび）・早蕨（さわらび）・老蕨（おいわらび）・岩根草（いわがねそう）・山根草（やまねぐさ）（仲春）

春の代表的な山菜で、若葉が開かないうちは先端がくるくると巻いた形をしています。灰汁抜きをして、様々な料理で使いますが、シャキシャキとした歯触りと独特の香りが、春の訪れを感じさせます。

わらび採り小さな祖母の後を追い

向竹ひかる（中三・和歌山県）

サイネリア

シネラリア・蕗菊（ふきぎく）・白妙菊（しろたえぎく）・富貴菊（ふうきぎく）（晩春）

サイネリアは「シネラリア」とも呼ばれる、庭先や鉢植えなどで育てられる小さな植物です。様々な色や模様の種類があり、楽しい様子を見せてくれます。「フリージア」「シクラメン」「ヒヤシンス」「クロッカス」などと共に、春の町を明るく飾ってくれる花です。

一日をどこへも行かずサイネリア

山本　新（教師・東京都）

チューリップ

鬱金香（うこんこう）・牡丹百合（ぼたんゆり）（晩春）

一本の真っ直ぐな茎の先に、一つの花を乗せた形をしています。童謡「チューリップ」で「赤白黄色」と歌われていますが、ほかにも様々な色の花を咲かせます。花壇に一本ずつ植えられたチューリップも美しいですが、一面に植えられたチューリップの畑も、壮観です。

一言で心が晴れるチューリップ

君野朱莉（小六・鹿児島県）

友達はひとりで足りるチューリップ

寺農七海（高二・大阪府）

菜の花

花菜・菜種の花・油菜（晩春）

春になると黄色い花を咲かせる草花です。菜種油を採るために、菜の花畑に植えられていることもあります。一面の畑に咲き乱れる黄色い花は眩しく見えます。菜の花は食べることもできます。菜の花を塩漬けにしたものを花菜漬と言い、ほろ苦い味がします。

菜の花と空の合間で鬼ごっこ

阿部　毅（高三・愛媛県）

桜

花・染井吉野・朝桜・夕桜・夜桜・桜月夜・桜の園（晩春）

春（植物）

花王とよばれるほど日本人に愛される花で、単に「花」と言った場合は、桜を指します。爛漫に咲き誇った花が散る姿も愛される理由でしょう。季語の中でも「雪」「月」「花」はトップスリーの、とても重要な季語です。桜は全国各地に植えられ、日本を代表する花になっています。

人ごみへ桜の花びらちっている
佐々木愛莉（小五・北海道）

桜咲くそんな季節も家の中
加地未玖（中三・北海道）

引越しで桜を愛でる暇もなし
伊賀万仁（教師・高知県）

夕桜（ゆうざくら）（晩春）

夕桜とは夕方の桜のことです。昼間に見る桜も、うっすらとしたピンク色で美しいですが、夕方にも情緒があります。夕方の桜は、暮れ方の赤色の日差しの中で、より濃厚な色合いに変わります。桜の微妙な色合いの変化を表現できるのが、夕桜の俳句の魅力です。

夕桜いつものようにまた明日　飯田登生（中三・埼玉県）

夕桜振り返らずに橋渡る　島　千尋（高三・岐阜県）

夜桜（よざくら）

（晩春）

夜桜とは夜中の桜のことです。真っ暗闇では何も見えませんが、観光地などでは桜の下で「花篝」という篝火が焚かれます。「花篝」に照らされた桜は、昼間とは別の表情を見せます。昼間は賑やかな桜並木も、夜のひんやりとした空気の中で、落ち着いた大人の雰囲気になります。

夜桜が東京タワーと同じ色

南出知更（小六・東京都）

夜桜の橋の上には家族づれ

津川竣太（中三・青森県）

残花（ざんか）

残る花（のこるはな）・散る花（ちるはな）・散る桜（ちるさくら）・落花（らっか）・花吹雪（はなふぶき）・花屑（はなくず）・花の塵（はなのちり）・桜吹雪（さくらふぶき）・花筏（はないかだ）（晩春）

残花は散り残った桜のことです。桜はある時期に一斉に咲き始め、一斉に散ってゆきます。咲いているときが豪華な分、最後に残った桜はちょっと寂し気です。残花は「残る花」とも言います。また、桜が散ってゆく様子に注目した季語に「散る桜」があります。

残る花まだ先輩になりきれず　　野場千裕（中二・宮城県）

溜息に乗って散りゆく桜かな　　髙瀬梨恵（教師・東京都）

夏蜜柑（なつみかん）

夏柑（なつかん）・夏橙（なつだいだい）（晩春）

名前に「夏」が入っていますが、春から収穫するので春の季語とされています。夏蜜柑は普通の蜜柑よりもかなり大きく、皮がごつごつとしています。食べると甘酸っぱい味わいで、暑さを忘れるような清々しさがあります。

先生に分けてもらった夏みかん

高魚　涼（小二・愛媛県）

夏みかんえだから切るといいにおい

坂井礼華（小四・東京都）

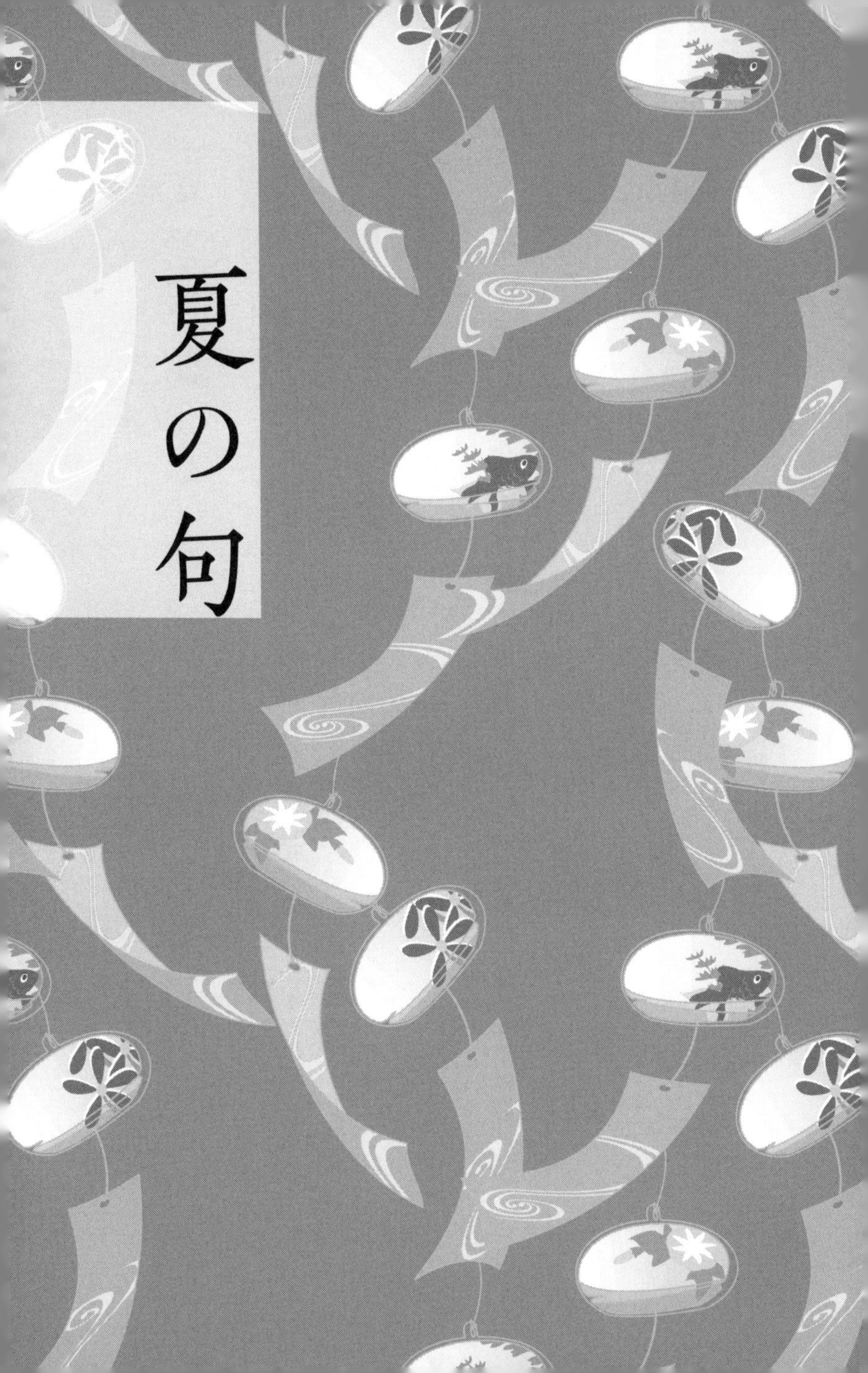

夏の句

夏（なつ）

三夏（さんか）・朱夏（しゅか）・炎帝（えんてい）（三夏）

夏は立夏から立秋の前日までを指します。おおよそ、五月から七月までの期間になります。一年の中でも一番暑く、体力を使います。一方で、動植物も旺盛に活動し、最も活き活きとする季節でもあります。学生にとっては、夏休みも楽しみの一つです。

青々とテニスコートが染まる夏

野田一成（中三・群馬県）

暑し（あつし）

暑さ（あつさ）・暑気（しょき）・暑苦し（あつくるし）（三夏）

「暑し」は盛夏の暑さのことです。夏にアイスクリームやジュースなど冷たいものが美味しいのも、プールや海水浴が楽しいのも、暑いからこそです。暑さは夏らしさの源かもしれません。一方、今では暑い日が続くと熱中症にも気を付けなければなりません。

図書館へ自転車をこぐ暑い道　須田良介（中三・群馬県）

太陽をつかみ隠したい暑さ　井ノ口真帆（中三・愛知県）

教室の窓全開の暑さかな　広東由香（教師・鳥取県）

夏（時候）

涼し

朝涼・朝涼・夕涼・涼風・夜涼・涼風・月涼し（三夏）

「涼し」は暑い夏に感じる涼しさのことです。春や秋も涼しいと感じることがありますが、気温の高い夏こそ、涼しいと感じることが一番多いので、夏の季語とされています。特に涼しいのは朝と夕方です。朝に感じる涼しさを「朝涼」、夕方に感じる涼しさを「夕涼」と言います。また、涼しい風を「涼風」と言います。

涼しげに食器を濯ぐ母の腕　井上日菜子（中三・愛媛県）

夕涼や雨跡のこる窓ガラス　酒井友里江（高一・愛媛県）

夏の暮（なつのくれ）

夏の夕（なつのゆう）・夏夕べ（なつゆうべ）・夏夕日（なつゆうひ）・夏夕暮（なつゆうぐれ）（三夏）

「夏の暮」とは、夏の夕方のことです。「夏の夕」とも言います。窓からは西日が差し込み、昼間とは違った独特の暑さがあります。浜辺などに出かけていた人も夕方には帰路につき、賑やかさが落ち着いてきます。静かになった光景にも情緒があります。

夏の暮いつもの犬が通りけり

軍司彩里（高二・岩手県）

夏（時候）

夏の夜（なつのよる）

短夜（みじかよ）・熱帯夜（ねったいや）・夜の秋（よるのあき）・夜半の夏（よわのなつ）・夏の宵（なつのよい）（三夏）

夏の夜のことで、日中よりはすこしだけ暑さが和らぎます。他の季節に比べて、あっという間に終わってしまうので、「短夜」とも言います。特に気温が高い夜を「熱帯夜」と言います。「熱帯夜」は寝苦しく、寝不足になりやすいです。逆に、夜に涼しく感じることを「夜の秋」と言います。夜だけでも秋のような雰囲気だという意味です。

なつのよるみみをすますとかわのおと

土屋　潤（小五・熊本県）

梅雨明け

梅雨の明（晩夏）

梅雨が終わることで、「梅雨終わる」とも言います。梅雨の前からじわじわと気温が上がっていきますが、梅雨が終われば、いよいよ夏本番です。それまでの雨の日々と打って変わって、晴天の日が続きます。からりと晴れた空を眺めると、明るい気持ちになります。

梅雨終わる雨の音楽ありがとう

小野寺雫（小六・東京都）

梅雨あけてしずくが朝を連れてくる

佐藤佳世（中二・愛知県）

夏（時候）

晩夏（ばんか）

夏終る（なつおわる）・晩夏光（ばんかこう）・夏の果（なつのはて）・夏の別れ（なつのわかれ）（晩夏）

夏が終わる時期のことで、晩夏の気分を「夏終る」とも言います。暑さが和らぐと思うとほっとする反面、夏が終わるのが少し寂しくなります。晩夏になると、夏休みも後半です。夏の楽しかった思い出を振り返る時期でもあります。

海までの道を覚えて夏終わる

森田香苗（教師・東京都）

青葉風（あおばかぜ）

青嵐（せいらん）・青嵐（あおあらし）（三夏）

初夏に青葉の中を吹き渡ってくる風のことです。同じ風でも、何も無いところから吹いてくる風よりも、青葉風の方が活き活きとしているように見えます。「青嵐」は青葉の時期に吹く強い風のことです。「嵐」と言う分、青葉風よりも勢いの強さが感じられます。

テニス部の手首は白し青葉風

東　美里（高三・石川県）

薫風（くんぷう）

風薫る（かぜかおる）（三夏）

初夏に木々の中を吹き渡ってくる風のことで、葉の匂いが香るような風です。薫風は「風薫る」とも言います。漢字に注意が必要で、「風香る」とは書きません。夏ばかりでなく、春も葉の匂いを感じることがありますが、季語では夏の旺盛な葉の匂いに注目しています。

組体操一番てっぺん風かおる　筧　蒼太（小六・鳥取県）

風薫る庭の木陰に犬ねむり　窪田文紀（高三・熊本県）

数学が終わればうれし風薫る　坪田朋也（高三・三重県）

夏の雲（なつのくも）

夏雲（なつぐも）・夏雲立つ（なつぐもたつ）（三夏）

夏になって勢いよく育ってゆく雲のことです。夏は気温が上がるので、雲が大きく育ちます。特に、夏真っ盛りに見られる、山のように盛り上がってゆく雲を「雲の峰」と言います。雲の峰は「入道雲」とも言います。絵日記によく描かれる題材の一つです。

なつのくもいろんなかたちあつまって　酒多凛桜（小一・岩手県）

ホームラン打てたらいいな夏の雲　小林悠磨（小五・栃木県）

雷（かみなり）

遠雷（えんらい）・雷鳴（らいめい）・雷声（らいせい）・雷雨（らいう）・雷（らい）・はたた神（がみ）・迅雷（じんらい）・日雷（ひかみなり）・落雷（らくらい）（三夏）

気象現象の一種で、大きな音や稲光が苦手な人も多いかもしれません。夏は雨雲が勢いよく育つことが多いため、雷も多いです。雨雲の中でゴロゴロと鳴っているのが聞こえると、夕立はもうすぐです。「遠雷」は遠くの方で鳴る雷のことです。

遠雷やニュースの手話に遅れあり　千田洋平（高二・岩手県）

遠雷や夜の校舎の広きこと

浅井里美（教師・愛知県）

虹（にじ）

朝虹（あさにじ）・夕虹（ゆうにじ）・虹立つ（にじたつ）（三夏）

雨上がりの空に、七色の帯のようにかかるもので、夕立のような激しい雨の後に見られます。虹はいつでも見られるわけではないので、美しい虹を見かけると、何か良いことがありそうな気分になります。虹も珍しいですが、虹が二重にかかる「二重虹」はさらに珍しいです。

虹見ると数えてしまう色の数

根本隼輔（小五・山形県）

日の射してどこかに虹の立ちさう(そ)な　志田綾華（中三・宮城県）

虹のせゐ(い)にして仕事を休みけり　山本純人（教師・埼玉県）

夕立(ゆうだち)

ゆだち・白雨(はくう)・驟雨(しゅうう)・スコール・夕立雲(ゆうだちぐも)・初夕立(はつゆうだち)・夕立晴(ゆうだちばれ)（三夏）

夕方ごろ急に降る雨のことです。日中よく晴れていても、夕立は急に降ってきます。夕立は激しく降りますが、すぐに止みます。夕立がさっと降った後は涼しくなります。

夕立にさびしく母の帰宅待つ　上村奈月美（小五・群馬県）

夕立や草木をたたく雨の音　　長濱光咲（中三・千葉県）

夕立で帰れぬ友と仲直り　　森岡多佳子（教師・大阪府）

夏の空（なつのそら）

夏空（なつぞら）・夏の天（なつのてん）・夏天炎ゆ（かてんもゆ）・夏天青し（かてんあおし）（三夏）

夏の空のことで、太陽がギラギラと輝き、真っ青な空が見られます。夏休みに出かけた先で、まず目にするものと言えば、青空でしょう。夏独特の夕立のあとの空や、入道雲のある空もこの季節ならではの趣が感じられます。

ビー玉に小さく映す夏の空　　太田　圭（小六・東京都）

自転車を止めてながめた夏の空
みることはしんじることだなつのそら

石山あかり（中三・埼玉県）
ケネス・チャールズ（教師・埼玉県）

初夏（しょか）

立夏（りっか）・夏来る（なつきる）・初夏（はつなつ）・孟夏（もうか）（初夏）

夏が始まったばかりの時期のことで、「夏初め」とも言います。「立夏」は夏が始まった直後で、ゴールデンウィークの頃です。夏が始まることを「夏来る」とも言います。いよいよ夏が始まるという期待感がこめられている季語です。

傘を打つ雨の大きさ夏が来る

鈴木裕斗（中三・埼玉県）

白球を吸い込む空に夏来る　小木曽都（高二・岐阜県）

令和元年太平洋の初夏の青　中川裕輔（教師・愛媛県）

梅雨（つゆ）

梅雨（ばいう）・梅雨前線（ばいうぜんせん）・梅雨寒（つゆさむ）・梅雨空（つゆぞら）・五月雲（さつきぐも）・梅雨曇（つゆぐもり）・空梅雨（からつゆ）（仲夏）

六月ごろの雨の日が続く時期です。梅に雨と書いて「つゆ」や「ばいう」と読みます。雨の日々があまりに特徴的なので、梅雨は春夏秋冬に次ぐ第五の季節と言われることもあります。梅雨に雨が少ないと、秋に作物が豊かに実りません。美味しいご飯を食べるためにも、梅雨は大切な季節です。

梅雨なのに傘が壊れて開かない　高橋竜之介（中二・北海道）

窓際でつくほおづえに梅雨来たる　末武希依子（高三・山口県）

梅雨の空生徒の声で晴れてゆく　髙橋英路（教師・山形県）

入梅（にゅうばい）

梅雨（つゆ）に入（い）る・梅雨（つゆ）始（はじ）まる・梅雨（つゆ）の気配（けはい）（仲夏）

梅雨が始まることで、「入梅」とも言います。梅雨は雨の日が続くので、気分が沈みがちです。また、じめじめとしているせいか、黴も生えやすくなります。一方、紫陽花が美しく咲いたり、蝸牛が出て来たり、といったように梅雨ならではの動植物を見ることができます。

梅雨入りは少しさみしい雨の音　町田桃菜（小五・埼玉県）

梅雨入りや練習試合また延期　秋田航季（中三・愛知県）

上履きの汚れ気になり梅雨に入る　小豆澤賢也（高二・埼玉県）

炎天（えんてん）

炎天下（えんてんか）・日盛（ひざかり）・炎気（えんき）・炎日（えんじつ）（晩夏）

日中の燃え盛るような暑さの空のことで、その空の下を「炎天下」と言います。スポーツや外出の際は、熱中症に十分注意しないといけません。「日盛」は一日の中で一番暑い時間帯のことです。正午やその後の時間に「日盛」を感じることが多いです。

炎天下一生懸命声を出す

新海　剛（中三・鹿児島県）

カーテンは呼吸している日の盛り

金光絢子（高三・愛知県）

炎天や解答欄を埋め尽くす

上川良子（教師・愛媛県）

朝曇（あさぐもり）

（晩夏）

夏の朝に空が曇ることで、暑さが厳しくなる日に、どんよりと曇るとされています。逆に、朝に空が明るくなる「朝焼」の場合は、その日は天気が悪くなるとされています。

夏（天文）

おんどりの鶏冠は垂れし朝曇

東野礼豊（中一・愛知県）

夕焼（ゆうやけ）

ゆやけ・夕焼雲（ゆうやけぐも）・梅雨夕焼（つゆゆうやけ）（晩夏）

日が暮れる直前に空が真っ赤な色に染まることです。他の季節も夕焼になることはありますが、単に夕焼と言った場合は夏の季語とされます。夏は空気中の水蒸気が多い分、より赤い夕焼が見られます。空ばかりでなく、街並みも真っ赤に染まり、別の世界になったようです。

夕焼けの光の道を歩き出す

山岡亮太郎（中三・福井県）

夕焼けがきれいに見える定時制　渡部帆菜（高一・山形県）

夕焼けをいつもと違う場所で見る　西嶋隆寛（教師・奈良県）

西日（にしび）

大西日（おおにしび）・西日焼く（にしびや）・西日透く（にしびす）（晩夏）

夕方ごろに西から差してくる日差しです。夏以外の季節にも、夕方になれば西日が差してきますが、特に夏の日差しが強いので、「西日」は夏の季語とされます。昼間に真上から差す日差しも辛いですが、横向きに差す西日は独特な暑さがあって嫌なものです。

夏（天文）

教室のそうじロッカーまで西日　阿部圭吾（高三・千葉県）

つながれし犬に西日の当たる庭　中谷和弘（教師・和歌山県）

夏の海（なつのうみ）

夏の浜（なつのはま）・夏の岬（なつのみさき）・青岬（あおみさき）（三夏）

夏の海のことで、「春の海」「秋の海」「冬の海」など、他の季節の海も季語になります。その中でも夏の海の特徴は、夏特有のエネルギッシュな感じにあるでしょう。浜辺は海水浴客や海の家で賑わいます。また、小魚や蟹など、磯辺の生き物が活発に活動します。

足跡がたくさんできる夏の海　藤木れいな（中三・佐賀県）

植田（うえた）

青田（あおた）（仲夏）

稲の苗を植えた後の田んぼのことです。苗がちょんちょんと生えて、間には青い空や近くの山が映り込みます。しばらく経って苗が成長すると、田んぼが真っ青に染まります。この状態を「青田」と言います。夏は稲が勢いよく育つ時期です。毎日少しずつ色合いが変わってゆきます。

電気柵囲む青田のつづきけり　野田晶子（教師・岐阜県）

扇風機（せんぷうき）

（三夏）

電気で風を作り出す機械です。羽根がくるくると回って、風を立てます。最近は、羽根の無いタイプのものも登場しています。季語にはずっと昔から日本にある、伝統的なものが多いですが、家庭電化製品のような近年できたものも、季節感があれば季語になります。

せんぷうきちかいところはかぜつよい　苫米地心美（小一・青森県）

扇風機すべてを否定して回る　笠松　茜（高二・埼玉県）

夜泣きする吾子を抱きて扇風機　大山真一（教師・愛媛県）

冷蔵庫（れいぞうこ）

（三夏）

夏は食べ物が傷みやすいので、すぐに冷蔵庫に入れないといけません。アイスクリームや飲み物をよく冷やすためにも、冷蔵庫は必要です。一年中使う冷蔵庫ですが、夏になると特に活躍するので、季語になっています。

真夜中の私を照らす冷蔵庫

熊谷佳子（教師・愛媛県）

蠅取リボン（はえとりリボン）

蠅（はえ）・五月蠅（さばえ）・蠅取（はえとり）テープ・蠅取紙（はえとりがみ）（三夏）

天井から吊るして、蠅を捕まえるリボンです。リボンは表面がベタベタしていて、蠅がとまると離れられなくなる、という仕組みです。「蠅」は夏の季語です。食卓に蠅が飛んでいると、鬱陶しく汚いので、蠅取リボンを吊るして、捕まえます。

蠅取リボン祖父のいない夕暮れ

村上あゆみ（高三・愛媛県）

アイスクリーム

氷菓（ひょうか）・氷菓子（こおりがし）・ソフトクリーム・シャーベット・小倉（おぐら）アイス・アイス最中（もなか）・アイスキャンデー（三夏）

牛乳に砂糖や果物などの材料を加えて冷やして作ります。寒い冬に炬燵に入って食べるのもおいしいですが、やはりアイスクリームは暑い日に食べてこそです。色々な味があるので、毎日食べても飽きません。お腹が冷えるので食べ過ぎには注意しましょう。

アイスクリーム弟泣くと私のせい　内木佑香（小六・岐阜県）

青い空アイスクリームよく似合う　安達結菜（高一・愛知県）

氷水（こおりみず）

かき氷（ごおり）・夏氷（なつごおり）・氷（こおり）じるこ・氷（こおり）いちご・氷（こおり）レモン・氷（こおり）宇治（うじ）（三夏）

氷を削って細かくし、山のように盛った食べ物で、シロップをかけて食べます。シロップは色々な種類があるので、ついつい迷ってしまいます。お祭りの屋台で出てくる食べ物の定番です。最近は、天然水の氷を使ったり、果物の濃厚なソースをかけるおしゃれなかき氷もあります。

夏（生活）

からっぽの頭に響くかき氷　鈴木康生（中三・愛知県）

かき氷ほんの一口目をつむる　石岡翔宇（中三・東京都）

宿題と宿題の間のかき氷　和田悦子（教師・秋田県）

ソーダ水（すい）

サイダー・ラムネ（三夏）

炭酸水にシロップを入れた冷たい飲み物です。「クリームソーダ」はソーダの緑色と、上に乗せられたバニラアイスとさくらんぼと、色の取り合わせが美しいです。「サイダー」も炭酸水の一種で、炭酸水に砂糖液、香料、クエン酸を入れたものです。

サイダーの泡を数えて友を待つ　鈴木らら（中三・宮城県）

現代文古文漢文ソーダ水　齋藤壮人（高二・愛知県）

ソーダ水グラスの中に夫の居て　小原　薫（教師・岐阜県）

麦茶（むぎちゃ）

麦湯（むぎゆ）（三夏）

炒った麦を熱湯で煮出した飲み物です。さっぱりした味わいで、沢山汗をかいた後にごくごくと飲むと、生き返ったような心持ちになります。夏になると、冷蔵庫に置いている家も多いことでしょう。麦茶の材料の「麦」は、夏に収穫します。こちらも夏の季語です。関連季語↓麦（136ページ）

夏（生活）

二の腕と同じ色なる麦茶飲む　渋谷和樹（高一・茨城県）

夜店（よみせ）

夜見世（よみせ）（三夏）

お祭りのときに立ち並ぶ露店のことです。チョコバナナ、たこ焼き、わたあめなど食べ物のお店のほか、射的など遊ぶためのお店もあります。「金魚掬（すく）い」も夜店の一つで、ポイと呼ばれる薄い紙を使って、破れないように注意しながら、水槽の金魚を捕まえます。関連季語→祭（116ページ）

金魚すくい気づいたときには袖ぬれる　濱岡千尋（中二・香川県）

潮の香の色とりどりの夜店かな

岩松　桜（中三・千葉県）

浴衣（ゆかた）

染浴衣（そめゆかた）・初浴衣（はつゆかた）・藍浴衣（あいゆかた）（三夏）

夏用の和服の一種で、薄い綿生地で作られています。花柄や藍染のものなど、涼しげな柄のものが多いです。普段着で浴衣を着る人は珍しくなりましたが、お祭りや花火大会の場では、よく見かけます。浴衣姿の人を見ると、より気分が盛り上がります。

浴衣着て弟走る家の中

堀田　鈴（中三・宮城県）

浴衣着て馴れない下駄を連れ回す　玉水望朝（中三・福岡県）

浴衣着て欲しい言葉はひとつだけ　三浦芳果（高三・山口県）

日傘（ひがさ）

絵日傘（えひがさ）・白日傘（しろひがさ）・パラソル（三夏）

晴れや曇りの日に日差しを避けるためにさす傘です。夏の外出の必需品です。日傘の素材は、かつてはレース地などが主流でしたが、最近ではＵＶ加工のされた素材や、晴雨兼用で使えるものなど多様化しています。また、男性用も増えてきています。

おとなりの店に行くにも日傘かな

岩谷夏奈（小五・東京都）

日傘さす母のうしろを歩いてく

肥後菜摘子（中一・宮崎県）

風鈴（ふうりん）

風鈴売（ふうりんうり）（三夏）

ガラスや金属で出来た小ぶりの鈴で、軒先や窓辺に吊るすものです。風が吹くと、中の棒が揺れることで、鐘鈴が鳴ります。ちりんちりんと涼やかな音を立てます。弱々しい風であっても、風鈴の音と組み合わさると、感じる涼しさが段違いです。

ふうりんが新しい風持ってくる
湯地健翔（中二・宮崎県）

風鈴がいつ鳴るのかと風を待つ
松井孝之（中二・愛知県）

犬が鳴き風鈴鳴りて誰か来た
大森拓朗（中三・千葉県）

汗（あせ）

汗（あせ）ばむ・汗（あせ）みづく・玉（たま）の汗（あせ）・汗匂（あせにお）う・汗（あせ）の香（か）・汗（あせ）みどろ（三夏）

暑い日には体温を調節するために汗がたくさん出ます。夏に屋外で運動をすると、大量に汗をかきます。が、このようなときは、気持ちが良いものです。夏はじっとしていても、汗が流れてきます。が、こちらはべたべたとしていて気持ちが悪いものです。

汗ひかりじゃぐちの水が止まらない　塚田　光（小六・東京都）

ゴール見え友と流した汗光る　佐伯南実（中一・愛媛県）

日焼（ひやけ）

日焼止め（ひやけどめ）・潮焼（しおやけ）（三夏）

強い日差しに照らされて、肌が黒くなることですが、肌が弱い人だと赤くなることもあります。そのような状態でお風呂に入ると、ヒリヒリしてとても痛みます。服の下は日差しが当たらないので、長時間外で遊んだ後は、服の形に日焼の跡が残ることもよくあります。

足首の日焼けの跡に合わせ履く　新井希琉（中三・埼玉県）

日焼けしてはちまきの跡くっきりと　佐野亜実（中三・千葉県）

勝鬨の日焼の腕が林立す　櫛部天思（教師・愛媛県）

ボート

貸（かし）ボート・ボート小屋（ごや）（三夏）

小型の舟で、池や湖に浮かべて遊びます。全員で漕ぐ場合は、みんなで息を合わせてオールを動かさないと、勢いよく進んで行きません。一人で漕ぐ場合は、大抵一番力持ちの人が漕いであげます。大勢で漕ぐ場合よりもゆっくりした動きですが、気ままに進むのも楽しいものです。

教室と違う顔持つボートの子　　岸田政明（教師・埼玉県）

更衣（ころもがえ）

衣更う（ころもかう）（初夏）

季節の変わり目に合わせて、衣服を替えることです。冬用の服を奥の方に仕舞い、夏用の服を取りやすい所に出します。制服のある学校では、この時期に冬服から夏服に切り替わります。これとは逆に、夏のための服を仕舞うことを、「後の更衣」と言い、秋の季語になっています。

あなたとの思い出捨てて更衣　　勇　琴乃（中一・東京都）

衣更教室ぱっと白くなる　五十嵐美咲（高二・埼玉県）

畳み方母に教わる衣更　小笠原瞳（教師・愛媛県）

花火（はなび）

手花火（てはなび）・揚花火（あげはなび）・打上花火（うちあげはなび）・遠花火（とおはなび）・昼花火（ひるはなび）・花火大会（はなびたいかい）（晩夏）

火薬を詰めた玉を打ち上げて、空で爆発すると、花のように開くものです。夏になると全国各地で花火大会が開かれ、多くの人が集まります。手で持って遊ぶタイプの花火も季語で、「手花火（てはなび）」と呼びます。線香花火など、手花火にも色々なものがあります。

雨の中花火の響く隅田川　竹下淳志（中三・東京都）

君の声聞こえなくなる花火かな　柳祐太朗（高三・京都府）

父母のそろいて囲む庭花火　平島裕志（教師・徳島県）

夏休み（なつやすみ）

暑中休暇（しょちゅうきゅうか）・暑中休み（しょちゅうやすみ）（晩夏）

学校などで七月から八月ごろに授業を休む長期休暇です。地域によって期間に差があります。この期間を利用して、部活動に精を出したり旅行を計画する人も多いでしょう。また、集中してじっくり物事に取り組むには良い期間です。宿題も沢山出るため、夏休みの最後には宿題に追われる人も多いかもしれません。

夏（生活）

筆箱でえんぴつねむる夏休み　仲本琴菜（小六・東京都）

消しゴムが小さくなつた夏休み　高田賢登（高三・和歌山県）

教室の水槽洗ふ夏休み　白石久美子（教師・東京都）

プール

プール開き（晩夏）

暑い日に入るプールは気持ち良いものです。夏が近づくと、学校のプール掃除の日があります。暑い日にみんなでするプール掃除は、水が冷たくて楽しいです。掃除を終えれば、プールの授業はもうすぐです。

いつまでもプールに浮かぶ日の光　秋谷来翔（中二・埼玉県）

風そよぐ山の裾野のプールかな　藤井克也（教師・愛媛県）

夏期講座（かきこうざ）

夏期講習会（かきこうしゅうかい）（晩夏）

夏休みを利用して、学校や塾で集中特訓する授業です。通常の授業で足りない分を補うために開かれます。普段の授業とは違った時間割の夏期講座は、新鮮な気分で受けられます。夏は日中の時間が長いので、その分明るい気持ちで勉強ができます。

制服のしわが気になる夏期講座　村上栞南（中一・宮城県）

消しゴムが白くかがやく夏季講座　坂本光哉（高二・埼玉県）

制服のやや乱れを(お)り夏期講習　内藤稜子（高三・山口県）

祭（まつり）

夏祭（なつまつり）・祭太鼓（まつりだいこ）・祭笛（まつりぶえ）・神輿（みこし）・山車（だし）・祭衣（まつりごろも）・祭髪（まつりがみ）・祭提灯（まつりちょうちん）・祭囃（まつりばやし）・本祭（ほんさい）（三夏）

夏に各地の神社で行われる祭礼です。「夏太鼓」を叩いたり、「祭笛」を吹いたりと、賑やかな演奏がされます。威勢よく「神輿」や「山車」が出てくる様子も見られます。夜の参道に並ぶ屋台の「夜店」も祭の楽しみです。夜店も夏の季語になっています。関連季語 ↓ 夜店（104ページ）

夏まつりいろんな音がきこえるな　小輪瀬明希（小三・山形県）

夏まつり人の顔したりんごあめ　戸頃　栞（中三・千葉県）

夕飯もお風呂も早い祭りの日　齊藤真理（教師・東京都）

子(こ)どもの日(ひ)

鯉幟(こいのぼり)・五月鯉(さつきごい)・吹流(ふきながし)（初夏）

五月五日の国民の祝日です。かつては男子の健康を祈る行事の、端午の節句でしたが、現在は男女を問わずに子供を尊重して、幸せを願う日として祝います。端午の節句では、屋外に「鯉幟」を、室内に五月人形を飾ったりして祝います。鯉幟は鯉が描かれた大きな旗幟です。鯉は滝を上ると竜になるとされているため、勇気と力の象徴として、子供が元気に育ってくれる願いが込められています。地方ごとのごちそうのほかに柏餅やちまきをいただきます。

こいのぼりどこにむかっておよいでる
篠崎益德（小四・埼玉県）

にっぽんをまいとしおよぐこいのぼり
青江彩乃（小五・島根県）

子供の日もう主役にはなれません
尾形璃々亜（中三・愛知県）

母の日（初夏）

五月の第二日曜日にあるアメリカ人の女性が、お母さんのことを思いながら、カーネーションを配ったことに由来する母親に感謝を捧げる日です。カーネーションを大事な人に贈るのが一般的ですが、「母の日」で一句詠(よ)んで贈ってみるのも良いかもしれません。関連季語 ↓ カーネーション(135ページ)

母の日に絵でプレゼント赤い花　谷口奈津実(小六・和歌山県)

母の日のカレーいつもと違う味　小松隼也(高一・静岡県)

母の日の母を叱つてしまひ(い)けり　金澤謙吾(教師・大分県)

夏(行事)

父の日（ちちのひ）（仲夏）

六月の第三日曜日に父親に感謝を捧げる日です。「母の日」ができたのをきっかけにして、決められました。母の日はカーネーションを贈るのが定番ですが、父の日には薔薇（ばら）を贈ることになっています。この時期に立派な花を咲かせる薔薇は、贈り物にぴったりです。日本ではお父さんの好きなものを贈ることが多いようです。

関連季語 ↓ 母の日（119ページ）

父の日の父と度々目が遇ひ（い）ぬ

櫛部隆志（教師・愛媛県）

桜桃忌

太宰忌（仲夏）

有名な人が亡くなると、その日は「○○忌」と表し、それが季語になります。太宰治は『桜桃』という小説を書いたので、桜桃忌という忌日が季語になりました。太宰治は今でも人気のある作家で、忌日には三鷹市の菩提寺では多くの人がその死を悼みます。

痛みとは生きていること桜桃忌

佐藤なつみ（高三・秋田県）

夏蝶（なつちょう）

揚羽蝶・鳳蝶・夏の蝶・梅雨の蝶（三夏）

夏に出てくる蝶のことです。単に蝶というと春の季語になります。夏に出てくる蝶は、色がはっきりとしたものや大きな蝶が多く、飛んでいるだけでも存在感があります。「揚羽蝶」や「浅葱斑」のように、具体的な蝶の名前も季語になります。

関連季語 → 蝶（58ページ）

海の色アサギマダラの羽の色　浅野迦恋（小三・愛媛県）

あげは蝶観光客にまぎれこむ　小林佑妃（中三・静岡県）

女生徒の前へ後ろへ揚羽蝶　伊奈秀信（教師・埼玉県）

蟻（あり）

女王蟻（じょうおうあり）・蟻（あり）の塔（とう）・蟻（あり）の列（れつ）・蟻（あり）の道（みち）・大蟻（おおあり）（三夏）

地面を歩き回る小さな虫です。小さい体で大きな餌を運ぶ、働き者です。食べ物を巣に運ぶために、一列に並んでいる様子を見かけることもあります。外に落ちている食べ物を運ぶのは良いのですが、家の中にある食べ物を見つけられると、部屋が大変なことになります。

ありたちがしゅうだん下校しているよ

中井颯希（小四・鳥取県）

いそいそと蟻の行列にわか雨

田畑有梨沙（中一・青森県）

夏（動物）

雨蛙（あまがえる）

青蛙（あおがえる）・牛蛙（うしがえる）・蟇（ひきがえる）（三夏）

蛙は春の季語です。しかし、一部の蛙は、夏の季語になっています。「雨蛙」「青蛙」は緑色の小さな蛙で、葉っぱに隠れて暮らしていますが、土の上では茶色になります。「蟇」は土色の蛙です。とても大きく、重そうな体をしています。「牛蛙」も大きな蛙で、食べるために輸入された蛙です。関連季語→蛙（57ページ）

自転車のサドルに乗った青蛙

鈴木基弘（高一・岡山県）

蝸牛（かたつむり）

でんでんむし・かたつぶり・ででむし・まいまい（三夏）

雨が降った後に出てくる虫で、梅雨時によく見かけます。葉っぱや枝など自然のものだけでなく、コンクリートなど人工物も大好きで、沢山這っているのを見かけます。「でんでんむし」とも言います。くるくると巻いた殻を背負った姿が特徴的で、やわらかい体をしています。

逆上がりできなくなったかたつむり　宮下　葵（小五・青森県）

私より不思議の見えるかたつむり　永原莉子（小五・島根県）

蝸牛宇宙を目指し背伸びする　本田崇真（中二・埼玉県）

夏（動物）

天道虫（てんとうむし）

瓢虫（てんとうむし）・てんとむし・瓢虫（ひさごむし）（三夏）

草むらに住む小さな虫で、真っ直ぐに生えた草をよじ登ってゆきます。端まで行くと上（太陽に）に向かって飛ぶため、天道虫という名前がついたそうです。丸い形をしていて、飛び立つときは、二枚の羽根が背中の真ん中でぱかっと分かれます。天道虫には色々な柄がありますが、赤色の体に黒い点が七つある、七星天道が代表的です。

指先の天道虫はもういない

尾原健斗（中一・大阪府）

兜虫（かぶとむし）

甲虫（かぶとむし）・冑虫（かぶとむし）・皀莢虫（さいかちむし）・鬼虫（おにむし）・源氏虫（げんじむし）（三夏）

大きな角が特徴的で、兜虫は力強さの象徴です。姿形もよいためとても人気があります。兜虫は櫟（くぬぎ）や楢（なら）の樹液に集まってきますが、町に生えている木にはこないので、山などで櫟や楢を見かけたら、兜虫を探してみてください。

かぶと虫ふとい木のみつすってるよ
八原史龍（小一・徳島県）

先生の背中に何故か兜虫
岡崎拓眞（中三・大阪府）

あと一歩手を伸ばす先兜虫
萩原杏菜（高二・東京都）

蚊（か）

藪蚊（やぶか）・蚊柱（かはしら）・蚊（か）の声（こえ）・昼（ひる）の蚊（か）・蚊（か）を打（う）つ（三夏）

人畜の血を吸う虫で、人間が気付かないうちに刺してきます。刺された跡は、ぷっくり膨らんで痒くなります。蚊の羽音も嫌なものです。夜寝る前に耳元でプーンと羽音を立てられると、寝られなくなります。

手をたたき手首もたたき逃した蚊

坂内帆空斗（中二・埼玉県）

夏燕（なつつばめ）

夏（なつ）の燕（つばめ）（三夏）

燕は春の季語ですが、夏に見かける燕を夏燕と言います。夏になると雛が生まれます。燕の巣を覗き込むと、子燕が顔を並べて餌を待っている様子が見られます。しばらくすると子燕も飛び立ち始め、親の燕と一緒に飛び回るようになります。関連季語→燕(61ページ)

夏燕駅から空へ飛んでゆく　鈴木祐介(小四・東京都)

通り抜けできぬ路地抜け夏つばめ　松田桃子(高一・愛媛県)

金魚(きんぎょ)

和金(わきん)・蘭鋳(らんちゅう)・琉金(りゅうきん)・出目金(でめきん)(三夏)

観賞用の魚で、鰭がひらひらとしていて、見た目が涼しげです。金魚鉢は金魚を飼うための容器で、ガラスでできていて、金魚が見やすくなっています。「金魚掬

夏(動物)

い」はお祭りの定番です。金魚掬いで捕まえた金魚を飼っている人も多いでしょう。

金魚だけ知ってることが一つある　中尾紗唯（小四・愛媛県）

水の中金魚がはしる赤と黒　林　夏末（中一・神奈川県）

電球に照らされ踊る金魚かな　山本悠禾（中二・大阪府）

蛍（ほたる）

蛍合戦（ほたるがっせん）・平家蛍（へいけぼたる）・源氏蛍（げんじぼたる）・蛍狩（ほたるがり）・蛍見（ほたるみ）・蛍舟（ほたるぶね）・蛍採（ほたるとり）・蛍籠（ほたるかご）・蛍火（ほたるび）・初蛍（はつほたる）・朝（あさ）の蛍（ほたる）・昼（ひる）の蛍（ほたる）・夕蛍（ゆうぼたる）（仲夏）

夜になるとお尻を光らせる虫です。川辺に出てきては、暗闇を飛び回ります。蛍の光が飛び回る様子は幻想的です。街灯のないきれいな川にしか、蛍は出てきません。蛍が見られる場所は日本各地にあり、地元の人たちの努力で守られていることも多いです。

手を開き橋の向こうのホタル待つ　北岡妃華里（小六・愛媛県）

蛍見て勉強のこと忘れそう　二階堂玖礼（中二・宮城県）

初恋を娘に問は(わ)れ螢の夜　櫛部天思（教師・愛媛県）

蟬(せみ)

蟬時雨(せみしぐれ)・油蟬(あぶらぜみ)・にいにい蟬(ぜみ)・みんみん蟬(ぜみ)・蝦夷蟬(えぞぜみ)・姫春蟬(ひめはるぜみ)・初蟬(はつぜみ)・朝蟬(あさぜみ)・夕蟬(ゆうぜみ)・夜蟬(よぜみ)・蟬涼(せみすず)し（晩夏）

夏になると一斉に鳴き始める虫で、雨のように鳴き声が降り注ぐ様子を「蟬時雨」と呼びます。鳴き声も、ミンミン、ニイニイなど、蟬の種類によって違いがあります。ジージーと鳴く「油蟬」も季語になっています。

ごめんねの声をかき消す蟬の声　平山幸士朗（小五・北海道）

生きているその瞬間の蟬時雨　渡部純平（中二・宮城県）

まだ風のゆるやかな山法師蟬　栗本直子（教師・東京都）

空蟬（うつせみ）

蟬（せみ）の殻（から）・蟬（せみ）の脱殻（ぬけがら）・蟬（せみ）のもぬけ（晩夏）

蟬の抜け殻のことです。夏の夕方から夜にかけて、蟬の幼虫は穴から出てきて、木を登ってゆきます。ある高さまで来ると殻の背中の部分が割れて、夜明け頃に飛び立ちます。後に残される抜け殻が空蟬です。夏に林を歩くと、あちこちに木を摑んだ形の空蟬が見られます。

空蟬のはらりと指を離しけり

水野大雅（教師・愛知県）

若葉（わかば）

若葉時（わかばどき）・若葉風（わかばかぜ）・若葉雨（わかばあめ）（初夏）

初夏のころの葉のことです。春に出てきた葉が、この時期に勢いよく広がります。校庭や公園など、身近な木々も若く新鮮な若葉を見せてくれます。若葉のような季語は町中でも季節を感じさせてくれます。

雲梯へ伸ばす指先まで若葉

石川裕子（教師・愛知県）

新緑（しんりょく）

新樹（しんじゅ）・緑（みどり）さす（初夏）

夏になって色鮮やかになった植物のことです。葉の色に夏らしさを感じます。新緑に覆われた木を「新樹」と言います。古い木でも、夏になると若木のような勢いを見せます。枝葉から木の息遣いが聞こえるようです。

新緑や草木を濡らす雨の声

笠井涼花（中三・北海道）

新緑や机の上の贈り物

戸丸桃花（高三・群馬県）

カーネーション

（初夏）

赤や白、ピンク色などの花を咲かせる植物です。あまり大きくなく、可愛らしい花を咲かせます。母の日にプレゼントする花として有名です。関連季語→母の日（119ページ）

カーネーション素直になれず手に残る

藤川美柚（中三・和歌山県）

麦（むぎ）

麦（むぎ）の秋（あき）・麦（むぎ）の穂（ほ）・穂麦（ほむぎ）・熟（う）れ麦（むぎ）・麦畑（むぎばたけ）・麦生（むぎか）・麦（むぎ）の波（なみ）（初夏）

麦はパンやうどんの材料になる植物です。いろいろな食べ物が一番沢山収穫できる季節は秋です。麦は夏に収穫できるので、麦にとっての秋という意味で、夏は「麦の秋」とも言われます。「麦藁（むぎわら）」は食べられませんが色々なものに使えます。例えば、「麦藁帽子（むぎわらぼうし）」は風通しが良く日差しを防げるので、外での強い味方です。

身の内に火種あるらし麦の秋

石川裕子（教師・愛知県）

菖蒲（しょうぶ）

あやめ・あやめ草・白菖（はくしょう）・水菖蒲（みずしょうぶ）（仲夏）

湿地に生える草で、初夏になると紫や白の花を咲かせます。草は剣のように真っ直ぐ伸びます。端午の節句には、菖蒲を束ねてお風呂に浮かべます。これを菖蒲湯と言います。菖蒲の独特な香りが、湯気に乗って広がります。関連季語↓こどもの日（117ページ）

そこだけが明るき雨の菖蒲池

三輪晶子（教師・愛知県）

紫陽花（あじさい）

七変化（しちへんげ）・繍毬花（てまりばな）・四葩の花（よひらのはな）・八仙花（はっせんか）（仲夏）

梅雨に咲く花で、雨がよく似合います。四枚の花びらに見える萼が合わさって、密集して毬のような形になっています。赤色、青色、白っぽい緑色など、花の色が変わってゆく種類もあるので、「七変化」という異名も持っています。

帰り道あじさいいつもさいている

久米川珀徠（小五・徳島県）

あじさいの後ろに見えた細い道

岡平陽花（小六・広島県）

紫陽花や雨粒弾くランドセル

加納直樹（教師・東京都）

蛍袋（ほたるぶくろ）

釣鐘草（つりがねそう）・提灯花（ちょうちんばな）（仲夏）

下向きの袋のような形に花を咲かせる植物です。山地に咲きます。子供たちが袋のような花の中に蛍を入れて遊んだことから、このような名前がついているようです。ほんのりとした紫色をしており、蛍を入れて中から照らすと、幻想的な雰囲気が醸し出されます。

淋しさをホタルブクロは知っている

植松静波（中一・静岡県）

葵（あおい）

立葵（たちあおい）（仲夏）

真っ直ぐ伸びた茎にいくつもの花を咲かせる草花です。葵は草の中ではかなり丈が高く、人間の大人よりも高く伸びてゆきます。見上げる位置に咲くので、その先に広がる青空と相まって、とても眩しく見えます。「立葵」は一番見かける葵の一種です。

立葵電車は行ったばかりなり

渡邉照夫（教師・埼玉県）

さくらんぼ

桜桃（おうとう）の実（み）・桜桃（おうとう）（仲夏）

桜は花が愛でられますが、実のなる桜もあります。その木でできるのがさくらんぼです。熟すと赤くなるので、緑色の葉とのコントラストがとてもきれいです。さくらんぼは茎がくっついたままの姿で見かけることが多いです。二つのさくらんぼが茎の先でくっついていると、仲良しのようで、見ている方も明るい気持ちになります。

サクランボ山盛りにして友集ふ（う）

塩屋桜子（高一・山口県）

さくらんぼ祖母と政治の話など

葛谷美桜（高三・岐阜県）

月見草（つきみそう）

月見草（つきみぐさ）・待宵草（まちよいぐさ）（晩夏）

夕方ごろ咲いて、翌朝に萎む花です。作家の太宰治が書いた「富士には月見草がよく似合う」という一節は有名です。夜だけ咲いている不思議な生態や、名前の美しさが作家の心を捉えたのでしょう。月見草は小さく可憐な花で、色合いも淡く、繊細な印象を受けます。

月見草月見るために咲くんだよ

日向佑実（小三・岩手県）

向日葵（ひまわり）

日車（ひぐるま）・日輪草（にちりんそう）・日向葵（ひゅうがあおい）（晩夏）

向日葵は黄色い花びらが特徴的な花です。明るく元気な様子から夏の代表格の花です。太くて長い茎の先に、黄色い花をつけます。花の真ん中には茶色い部分があり、種がつまっています。向日葵の種はハムスターが大好きなように、栄養があります。種から作った油は向日葵油と呼ばれます。

ひまわりが見上げるほどにのびたんだ　安島明音（小四・茨城県）

ひまわりの大きな顔は人照らす　水谷暖奈（中二・愛知県）

一本の向日葵前に嘘つけず　長田杏梨（中三・宮城県）

夏野菜（なつやさい）

トマト・胡瓜（きゅうり）・茄子（なす）（晩夏）

夏野菜は夏に採れる野菜です。収穫と言えば秋のイメージがありますが、夏にも野菜は沢山採れます。「トマト」「胡瓜」「茄子」といったように、夏野菜にはみずみずしい野菜が多いようです。他には「紫蘇（しそ）」「辣韮（らっきょう）」「茗荷（みょうが）の子」など、匂いに癖のある野菜も多いようです。野菜一つ一つも季語になります。

なつやさいいっぱいのせてピザやくよ

本山理子（小一・福岡県）

夏（植物）

秋の句

秋（あき）

素秋（そしゅう）・白秋（はくしゅう）・金秋（きんしゅう）（三秋）

立秋から立冬の前日までの期間を「秋」ととらえています。空気が澄んだ爽やかな気候を形容するものが多くあります。実りの季節でもあるので、植物の季語もたくさんあります。「秋」を季語として使う場合、「秋の〇」「〇の秋」という使い方が出来ます。

金色のトロンボーンに映る秋　　高橋和花（小六・群馬県）

夕暮れの雨が優しく秋をよぶ　　新里菜緒（中三・沖縄県）

教え子と一緒に歩く古都の秋　　津藤純子（教師・北海道）

秋麗（しゅうれい）

秋麗（あきうらら）（三秋）

秋の晴れた日には春のような暖かさがあり、過ごしやすさを感じます。「麗か」は春の季語ですが、これに近い感じがあるため、秋には「秋麗」という季語があるのです。関連季語 ↓ 麗か（22ページ）

あやとりで三段梯子秋うらら　大橋佳歩（高二・愛知県）

何ごともなき日の下校秋うらら　五十嵐誠一（教師・東京都）

秋（時候）

秋の朝（あきのあさ）

秋朝（しゅうちょう）・秋暁（しゅうぎょう）（三秋）

秋の朝には他の季節の朝にはない、涼しさや爽やかさがあり、立秋からどんどん秋が深まっていきます。秋の終わりごろの、冬の到来を感じさせる寒い朝を表す「朝寒」という季語もあります。

全員の起立が揃う秋の朝

大石元気（教師・東京都）

秋の暮（あきのくれ）

秋の夕（あきのゆうべ）・秋の夕（あきのゆう）（三秋）

秋の日暮れ時のことを表す季語です。古くから秋の日暮れは和歌や詩の題材になってきました。日暮れ時の光景の美しさに加えて、あっという間に夜になってしまうその一瞬に、寂しさや侘しさが見出されてきたからです。ぜひ観察してみましょう。関連季語↓秋夕焼（159ページ）

門を出て一人ずつなる秋の暮

加藤希世子（教師・広島県）

爽やか

秋爽（しゅんそう）・さやけし・さやか（三秋）

秋は徐々に気温が下がって空気が乾燥するため、過ごしやすさが増します。気温も快適な晴天に恵まれた時には、気分もすがすがしく、さっぱりとするものです。そうした気分のことを「爽やか」と表します。

秋（時候）

さわやかな町を見下ろす授業中　山下三奈美（小六・愛媛県）

さわやかに見つめる瞳また明日　山田侑美（教師・東京都）

爽やかや学校だより校正す　藤原明日美（教師・埼玉県）

新涼（しんりょう）

涼新た（りょうあらた）・初涼（しょりょう）・秋涼し（あきすずし）・秋涼（しゅうりょう）（初秋）

暑い夏が終わって秋が到来すると、気温が下がり涼しいと感じる時間が増えます。季節が変わり、過ごしやすくなったさっぱりとしたこの時期を「新涼」「涼新た」と表します。夏の季語である「涼し」は暑い夏にある涼しさを表す季語です。

新涼や初めて買った化粧水

鷹島由季（高二・秋田県）

月（つき）

満月（まんげつ）・明月（めいげつ）・待宵（まちよい）・夜半（よは）の月（つき）・月隠（つきごもり）・朝月夜（あさづくよ）・昼（ひる）の月（つき）・夕月（ゆうづき）・夕月夜（ゆうづきよ）・三日月（みかづき）・月（つき）の出（で）・月（つき）の入（いり）・月上（つきあが）る・月渡（つきわた）る・月夜（つきよ）・月白（げっぱく）・月光（げっこう）・月明（つきあか）り（三秋）

月は一年中、見ることができます。しかし秋に見る月は、昔から特別に美しいものとされてきました。そのため、和歌などの古典作品でも題材にされ、俳句でも秋の季語になっています。それぞれの季節の月も「春の月」のように使ってその季節の季語となりますが、「月」だけの場合は秋の季語です。欠けのない「満月」のうち、特に澄み渡った美しい月を「明月」といいます。「待宵」は名月の前日の夜のこと。他にも、月には様々な名前があります。夜が更けてから空のてっぺんにやってくる月を「更待月」、深夜の月のことを「夜半の月」とも呼びます。「月隠（つきごもり）」とは、こもり隠れてしまった月のことです。

あの人に月がきれいと言えぬまま　大山花菜（高二・山口県）

やは(わ)らかに夜深めゆく月の色　菅谷美樹（教師・岐阜県）

秋の空（あきのそら）

秋空（あきぞら）・秋天（しゅうてん）・秋旻（しゅうびん）・旻天（びんてん）（三秋）

秋の空の特徴は、何といってもその澄み切った空気感です。空の青さも心地よく、雲の流れも爽やかに感じられます。雨がやんだ後の晴天などにも格別の趣があります。青空がどこまでも続いているように思えるので、「天高し」という季語もあります。関連季語→天高し（154ページ）

手づくりの貝のブローチ秋の空　黒田千乃（小六・愛媛県）

秋の空今日ものんびり文芸部　山下　優（中二・愛知県）

ひとはけを加えたくなる秋の空　迎井桃香（中二・奈良県）

秋日和（あきびより）

秋晴（しゅうせい）・秋晴る（あきはる）・秋の晴（あきのはれ）（三秋）

「日和」という言葉には「晴天。良い天気」という意味があります。「秋日和」も、秋の晴れた天気のことを指します。「秋晴」「秋高し（あきたかし）」など、秋の青天を表す季語は他にもあります。自分の発見した晴天はどの季語で表すのが相応しいのか、口に出したときのリズムや書いた時の文字の雰囲気などを考えて使い分けると良いでしょ

う。関連季語→秋晴（156ページ）、秋高し（154ページ）

図書室にならぶ新刊秋日和　相生梨乃（小五・東京都）

秋日和川にて洗ふ(う)山の靴　渡邉吉一（教師・茨城県）

秋高し(あきたかし)

天高し(てんたかし)・秋高(あきだか)・空高し(そらたかし)（三秋）

秋の晴天が抜けるような青空なのは、移動性高気圧に覆われ、空気が乾燥しているからです。大気が澄んでいるため、遠くの景色がはっきりと見えて、ゆったりとした趣があります。その時の空の様子を「天高し」「空高し」といいます。

学び舎にクレーン二つ秋高し　島田聖子（教師・沖縄県）

秋の雨（あきのあめ）

秋時雨（あきしぐれ）・秋雨（あきさめ）・秋霖（しゅうりん）（三秋）

毎年九月から十月頃は、日本列島に秋雨前線が現れます。このため、晴天を表す季語が多いものの、実際には雨の日が多いのが秋という季節です。秋の一時的な通り雨は「秋時雨」といいます。

ケータイの音消して聴く秋の雨　宮平七海（中二・沖縄県）

秋の雨娘を叱り過ぎた夜　渡部千春（教師・愛媛県）

秋晴（あきばれ）

秋（あき）の晴（はれ）（三秋）

秋の空が澄んで晴れ渡っていることを表す季語です。意味としては「秋日和」と同じですが、言葉を口に出したときの感じを考えて使い分けてみましょう。関連季語→秋日和（153ページ）

秋晴れの中に響いた的の音　野村建太（高一・岐阜県）

秋晴やスマッシュ決める日曜日　橋本安奈（高三・青森県）

秋晴れに耳を澄ませば笛太鼓　阿部　肇（教師・東京都）

星月夜（ほしづきよ）

星月夜（ほしづくよ）・天の川（あまのがわ）・星明り（ほしあかり）・秋の星（あきのほし）（三秋）

秋は空気が澄んでいるので、星もよく見えます。「星月夜」とは、月がなくても星の光によって月夜のように明るい夜のことです。無数の星が集まって帯状になり、川のように見える状態を「天の川」と呼びます。

星月夜君が指差す未来地図

戸川沙稀（高一・愛媛県）

秋の雲（あきのくも）

鰯雲（いわしぐも）・秋雲（あきぐも）・秋雲（しゅううん）（三秋）

澄んだ空に浮かぶ秋の雲は、様々に変化していくのが特徴とされています。「鰯

秋（天文）

雲」や「鱗雲（うろこぐも）」は秋の雲の代表です。小さな雲の塊が、さざ波のような形に集まっている状態のことを指します。

いわし雲二十三区をうめつくす　富岡幸太郎（小六・東京都）

ポケットの軍手ざらつき鰯雲　白石夢乃（高一・愛媛県）

居残りの子の影長しいわし雲　大熊　拓（教師・東京都）

流星（りゅうせい）

流れ星（ながれぼし）・星流る（ほしながる）・星飛ぶ（ほしとぶ）・星走る（ほしはしる）（三秋）

流れ星は四季を通じて見ることができます。しかし、秋は空気が澄んでいるのでとりわけ目につきます。見えたと思った瞬間には消えてしまうのが特徴です。流星群では、一度にたくさんの流星を見ることもできます。

流星や父の背中のまだ遠く　平岡紗弥（高一・愛媛県）

ランタンのほのかなゆらぎ流星群　川村海斗（高一・青森県）

秋の夕焼（あきのゆうやけ）

秋夕焼（あきゆうやけ）（三秋）

秋の夕暮れ時を表す季語は「秋の暮」。夕焼だけだと夏の季語になりますが、秋をつけることで夕空の変化の風情を感じさせる秋の季語となります。秋の夕焼は美しいですが、見ることが出来る時間は夏に比べて短いです。夏の夕焼けと色や見え

方にどのような違いがあるのかを観察してみましょう。関連季語↓秋の暮（148ページ）

居残りの教室広し秋夕焼　小川ののか（中二・千葉県）

秋夕焼錆び付いてゆく地平線　武田音弥（高三・愛媛県）

秋の風（あきのかぜ）

秋風（しゅうふう）・秋風（あきかぜ）・金風（きんぷう）・爽籟（そうらい）（三秋）

秋の初めに吹く風は、夏の名残を残した少し生ぬるい風です。秋の盛りの風は爽やかで心地よく、秋の終わりの頃に吹く風は、冬の到来を予感させる冷ややかさを持っています。このように一つの季節の中で変化していくのが、秋風の特徴です。

校庭の鉄棒に錆び秋の風　吉村　成（高一・和歌山県）

花器の中かすかにゆらす秋の風　横島千乃（高一・茨城県）

乾きゆく絵筆の先や秋の風　下山桃子（教師・東京都）

初嵐（はつあらし）

秋（あき）の初風（はつかぜ）（初秋）

立秋の後、初めて吹く強い風のことを「初嵐」といいます。同じように秋の暴風を指す季語に「野分」があります。こちらは初嵐が吹いた後の、より激しい風のことです。

休日の眠りを覚ます初嵐　菊池圭祐（中二・愛媛県）

参観の母に手を振り初嵐　松下静雄（教師・鹿児島県）

台風（たいふう）

颱風（たいふう）・台風裡（たいふうり）・台風過（たいふうか）（仲秋）

台風とは、熱帯低気圧が発達した空気の渦巻きのことです。台風が上陸した地域は、激しい雨や風によって甚大な被害を受けることがあります。暴風警報や大雨警報が出て、学校が休みになることがあります。台風が過ぎたことを「台風過」といいます。

けいほうだ台風がきてまどふるえ
酒井美侑（小四・兵庫県）

台風は何も恐れず進んでく
西山　優（中一・高知県）

休日に来るな来るなよ台風よ
伊佐眞之裕（高三・沖縄県）

秋の海（あきのうみ）

秋の波（あきのなみ）・秋の浜（あきのはま）（三秋）

秋の海は、水温が下がり、夏に比べると訪れる人も減ります。古くから、秋の清涼な空気感と相まって、どことなく寂しい感じがするものと捉えられてきました。秋も終わりに近づくと、波は高くなり、冬の訪れを予感させます。

灰色の空にとけたる秋の海

酒井友里江（中三・愛媛県）

秋の海船乗りの背はすっと伸び

中居望々香（高二・青森県）

秋の山（あきのやま）

秋山（あきやま）・山粧う（やまよそおう）（三秋）

夏の間は輝くような緑だった山々ですが、秋になると様子を一変させます。鮮やかに「紅葉（こうよう）」した木々に一面を彩られた秋の山は、秋の透き通った空気と相まって格別の趣です。

秋の山ひと雨ごとの絵巻物

坂井田真理（教師・岐阜県）

秋出水（あきでみず）

洪水（こうずい）（初秋）

秋に起こる台風や長雨の影響で、河川が氾濫することがあります。溢れだした水は町や田畑、道路に流れこみ、人々に被害をもたらします。

秋出水高崎線はまた遅れ

中嶋直輝（高二・埼玉県）

秋の水（あきのみず）

秋水（しゅうすい）・水の秋（みずのあき）（仲秋）

秋になってひんやりと澄んでくる水を表す季語です。すぐ思い浮かぶのは、川や海、池の水ではないでしょうか。それだけでなく、学校や家庭で使う水道の水がひ

秋（地理）

んやりしてくれば、それも「秋の水」です。

秋の水きらりと光り舟下り　堤穂乃香（小五・岐阜県）

どこまでも手が届きそう秋の水　和仁大志（高一・岐阜県）

運動会（うんどうかい）

体育祭（たいいくさい）（三秋）

秋は気候が良く、運動するのにはもってこいの季節です。現在では運動会を春に行う学校も増えましたが、秋の晴天に行われる運動会には特別感があります。かつての体育の日が十月に制定されたことを受け、秋の季語になっています。

あおぞらがうんどうかいをみているよ　岡田悠希（小一・東京都）

うんどう会家ぞくぜんいん来てくれた　髙木彩愛（小二・岐阜県）

運動会山にとどろく友の声　佐藤龍生（中一・静岡県）

枝豆（えだまめ）

月見豆（つきみまめ）（三秋）

まだ熟していない青い大豆のことです。枝ごと茹でて食用にすることからこの名がつきました。茹でて食べるのが一般的ですが、東北地方の枝豆をすりつぶして餡にしたものを餅にする「ずんだ餅」など、違った食べ方もあります。

秋（生活）

枝豆がびゅっととび出て口の中

上田裕大（小五・鳥取県）

枝豆や止まらぬ父の武勇伝

鈴木綾乃（高一・岩手県）

夜学（やがく）

夜学生（やがくせい）・夜間学校（やかんがっこう）（三秋）

昼間働きながら勉強する人のために、高校や大学には夜間部があります。授業は四季を通じて行われます。しかし、特に過ごしやすい秋の夜の勉学がこの時期にふさわしく、季語になっています。学校の授業だけではなく、一人で勉強することも含まれた季語です。

鉛筆がすらすら走る夜学かな

播磨真子（中一・青森県）

新米（しんまい）

今年米（ことしまい）（三秋）

その年に収穫されたお米のことを「新米」と呼びます。炊くとふっくらと柔らかく、つや、粘り、こしがあるため美味で、収穫の秋を代表する作物です。

かおる湯気新米がたつ箸の先

山崎生睦（高一・埼玉県）

新米の香り釜からあふれ出る

藤田憲嗣（教師・青森県）

稲刈（いねかり）

稲刈（いねか）る・秋田刈（あきたか）る・収穫（とりいれ）（晩秋）

豊かに成長した稲を収穫するのが「稲刈」です。九月から十月に最盛期を迎えます。今でも手作業で収穫する小規模な田もあれば、機械を使って一気に収穫する大規模な田もあります。その年に収穫されたお米は「新米」と呼ばれます。稲を植えることは「田植」と呼び、夏の季語になっています。関連季語→稲穂（181ページ）、新米（169ページ）

いねかりのごほうび祖母のしおむすび

牧田沙耶香（小三・鹿児島県）

干柿（ほしがき）

吊し柿（ほしがき）・釣柿（つりがき）・串柿（くしがき）・柿干す（かきほす）・柿吊す（かきほす）・柿すだれ（かきすだれ）（晩秋）

干柿の材料は渋柿なので、そのまま食べることができません。渋を抜くため、皮を剝き、日陰の風通しの良いところに、紐で吊るしたり木の串に刺したりしておいておくのです。出来上がった干柿は甘みが強く、絶品です。

干し柿やそろばん塾の窓明かり　宮内香宝（教師・青森県）

干し柿をつるす横顔茜空　山田典子（教師・群馬県）

盆（ぼん）

墓参り（はかまいり）・送り火（おくりび）・盂蘭盆（うらぼん）・新盆（にいぼん）・初盆（はつぼん）（初秋）

多くの地域で八月十三日から十六日（都市部では七月十三日から十六日）までの間に行われる、祖先の霊をまつる行事です。「盂蘭盆」ともいいます。胡瓜や茄子で精霊馬を作ったり、お坊さんにお経をあげてもらったりして祖先をお迎えします。いつ訪ねても墓参りに違いありませんが、俳句では、この時期に墓を訪ねてお参りすることを特に季語として「墓参り」と呼びます。

終戦忌（しゅうせんき）

原爆忌（げんばくき）・終戦記念日（しゅうせんきねんび）・終戦の日（しゅうせんのひ）・敗戦の日（はいせんのひ）・八月十五日（はちがつじゅうごにち）（初秋）

「終戦記念日」とは、日本において第二次世界大戦が終結した八月十五日のことを指します。原爆忌とは、広島に原爆が落とされた八月六日と、長崎に原爆が落とされた八月九日のことです。現在では、多くの人が犠牲になった戦争を忘れないように、平和への思いを深くする追悼行事が各地で行われます。

真っ青な空を見上げる原爆忌　芳賀陽斗（中二・宮城県）

終戦忌鳩はまっすぐ夕空へ　柏木志音（中二・千葉県）

文化の日（ぶんかのひ）

明治節（めいじせつ）・文化祭（ぶんかさい）（晩秋）

十一月三日の国民の祝日のことです。元々は明治天皇の誕生日を指して「天長節」と呼ばれていました。「文化の日」という名称になったのは一九四八年からです。日本各地で学校の文化祭や文化的な行事が多く開催されます。

秋（行事）

新聞のレシピ切り抜く文化の日

滝下真央（中三・愛媛県）

蜻蛉（とんぼ）

おにやんま・とんぼう・あきつ・秋茜（あきあかね）（三秋）

蜻蛉は夏の暑い時期にも見られる昆虫ですが、昔から秋の季語とされています。「秋蜻蛉」をはじめ、たくさんの種類があります。なかでも「鬼やんま」は日本に生息している蜻蛉の中で最大です。

夕方に池に集まるとんぼたち

漆眞下百華（小三・岩手県）

空からの糸につるされトンボ舞う

原　愛美（中三・愛知県）

とんぼうや君にできないことはない

為我井節（教師・茨城県）

赤蜻蛉（あかとんぼ）

秋茜（あきあかね）（三秋）

蜻蛉にはたくさんの種類があります。その中でも小ぶりで、腹のあたりが赤色や橙色などの蜻蛉を「赤蜻蛉」「秋茜」と呼びます。「赤とんぼ」という童謡の冒頭にも出てくる、秋の代表的な昆虫です。蜻蛉は前にしか進まないことから勝虫とも呼ばれ、縁起のよいものとされています。関連季語→蜻蛉（174ページ）

指先に止まってほしい赤とんぼ

吉野百華（小四・宮城県）

秋（動物）

制服の肩にとまった赤とんぼ　山口明香里（中一・宮崎県）

狛犬は昔のままや赤とんぼ　下山夏葵（高三・青森県）

秋の蝶（あきのちょう）

秋蝶（あきちょう）（三秋）

秋に見かける蝶のことを総称して「秋の蝶」といいます。夏に見かけた大ぶりで鮮やかな蝶も、秋の終わりにはめっきり見かけなくなります。残っている蝶の飛び方には弱々しさがあります。

秋の蝶私のかげで一休み　大澤珠季（小六・東京都）

海原の群青渡る秋の蝶　川村海斗（高二・青森県）

採点を見守っており秋の蝶　伊東恵理子（教師・長崎県）

蟷螂（かまきり）

蟷螂（とうろう）・いぼむしり（三秋）

前脚が大きな鎌になっているのが特徴の昆虫です。前脚で獲物をとらえて食べます。人間がちょっかいをかけても、鎌をかざして威嚇してきます。小さな頭をしていますが、目は大きく、周囲をじっと観察しています。いる場所によって、緑色だったり茶色だったりします。

秋（動物）

かまきりがおはかの上でたったんだ　中畑陽斗（小一・岐阜県）

かまきりが草のふりしてかくれんぼ　柿野ひまり（小二・青森県）

蟷螂の毎朝同じ壁にを(お)り　宮内妙子（教師・愛媛県）

虫(むし)

鳴(な)く虫(むし)・虫鳴(むしな)く・きりぎりす・蟋蟀(こおろぎ)・鈴虫(すずむし)・虫(むし)すだく・虫(むし)の闇(やみ)・虫籠(むしかご)・昼(ひる)の虫(むし)（三秋）

俳句で「虫」といえば、秋に鳴く虫たちのことを指します。平安時代の和歌の「花」が桜を指すことと同じです。「きりぎりす」「蟋蟀」「鈴虫」は、それぞれの虫の名前です。夏の季語である蟬は「虫」に含まれません。秋の虫は普通、夜に鳴くので、昼に鳴いているのは「昼の虫」といいます。秋に鳴く虫の中でも、草むらに

いる虫だけを指します。それぞれの鳴き声のもつ趣を聞き取ってください。関連季語→虫の声（179ページ）

鈴虫が夜の出番を待っている　四條星夕（小四・山梨県）

コオロギの目に映るのはぼくの顔　野田桐悟（小五・島根県）

グランドのアウトコースにきりぎりす　千吉良岳（教師・青森県）

虫の声（むしのこえ）

虫の音（むしのね）・虫時雨（むししぐれ）（三秋）

「虫」は秋に鳴いている虫そのものを指す季語です。一方「虫の声」は、虫の鳴き

秋（動物）

声だけを指し、虫そのものを表してはいません。関連季語↓虫（178ページ）

虫の音を聞き分けながら帰る道　寺田有里（中二・青森県）

虫の音や口笛吹いて返事する　武田悠愛（高三・石川県）

日直の校舎の施錠虫の声　齊藤充博（教師・神奈川県）

秋刀魚（さんま）

初さんま（はつさんま）（晩秋）

銀色で、小ぶりの刀のような細長い姿が特徴です。脂がのった秋刀魚は秋の代表的な味覚です。かつては安価で庶民の味方と言える魚でしたが、近年では、秋刀魚の高値のニュースを耳にすることも多いです。

父さんと食べ方競う焼きさんま　　蒲井遥大（小四・埼玉県）

お父さん七輪出してさんま焼く　　中野伶美（小六・滋賀県）

さんまやくにおいにつられねこがくる　　村田　幹（中一・中国）

稲穂（いなほ）

初穂（はつほ）・稲田（いなだ）・稲（いね）の波（なみ）・稲葉（いなば）（三秋）

縄文時代に中国から渡ってきたとされる、日本の代表的な主食です。収穫期になり、田んぼ一面に黄金色の稲穂が垂れている光景は壮観です。水田で作るのが一般的ですが、「陸稲」といい、畑で作る種類もあります。

あふれ出す涙の奥に稲穂ゆれ

船越桃佳（中一・青森県）

鶏頭（けいとう）

鶏頭花（けいとうげ）（三秋）

庭に植えたり、切り花にしたりして観賞する花です。真っ赤な花の形が、鶏のとさかの形に似ていることからこの名前がついています。赤だけでなく、黄色や白、紅紫の花もあります。

鶏頭の頂のごと輝けり

藤田悠樹（高一・岐阜県）

鶏頭を花器の真中に立てにけり

豊嶌智恵（教師・福岡県）

西瓜（すいか）

西瓜割り（すいかわり）（初秋）

西瓜は夏の食べ物というイメージが強いかもしれません。ですが、季語は旧暦が基準になっているので秋の季語とされます。実は球形や楕円形の緑色と黒の縞模様や濃い緑色で、果肉は鮮やかな赤色や黄色です。暑い日に食べると不思議と汗が引いていきます。川遊びや海遊びをした先で「西瓜割り」をして楽しむこともあります。

西瓜わりぼくの順番まわらずに

小磯竜大（小三・茨城県）

すいかわりわれているのにまたたたく　岩田夏果（小六・東京都）

野球後に敵も味方もすいか食べ　髙木　威（教師・青森県）

朝顔（あさがお）

牽牛花（けんぎゅうか）（初秋）

観賞用に栽培される一年草です。たくさん植えると、蔓をネットなどに這わせて庭先に日陰を作ることもできます。紫や淡い桃色、白、青など、色は多様で、種類も豊富です。しかし名前の通り、花は朝の涼しい時間帯にしか見ることができません。

朝顔に水やりたくて早起きだ　　吉田匡毅（中一・北海道）

秋桜（あきざくら）

コスモス・おおはるしゃぎく（仲秋）

栽培もされる花ですが、河原や道端などにも咲いているのを見かけます。薄紅色や白などの八枚の花弁を付けます。良く成長すると高さが二メートルに達することもあります。

コスモスの道を歩いているわたし　　森こころ（小六・東京都）

キャンバスに青空描いて秋桜　　平野亜梨沙（高一・愛知県）

コスモスの風となりゆく帰り道　　村上礼奈（高一・愛媛県）

紫苑（しおん）

紫苑（しおん）の菊（きく）・しおに・鬼（おに）の醜草（しこぐさ）（仲秋）

名前の通り、紫色の花をたくさん咲かせます。花の大きさは小ぶりですが、高さ自体は一から二メートルにもなります。

紫苑咲く遠いあなたに花言葉　　原田芽衣（中三・秋田県）

空の色つぎつぎ変わり紫苑に雨　　野田瑠美（高二・埼玉県）

木犀（もくせい）

金木犀（きんもくせい）・銀木犀（ぎんもくせい）・木犀の花（もくせいのはな）・薄黄木犀（うすぎもくせい）・桂の花（かつらのはな）（晩秋）

秋に散歩していると、どこからともなく甘い良い香りがしてくることがあります。その香りは「銀木犀」あるいは「金木犀」のものかもしれません。近くにある木が白、あるいは橙の小ぶりな花を咲かせていないか探してみましょう。

散歩する母との時間金木犀
針貝永喜（高三・茨城県）

どこへいっても電線と金木犀
竹中健人（高三・愛知県）

筆圧の強き答案金木犀
中島　透（教師・愛媛県）

秋（植物）

団栗（どんぐり）

櫟（くぬぎ）の実（み）・団栗独楽（どんぐりごま）・団栗餅（どんぐりもち）（晩秋）

秋の公園や道に落ちている小さな茶色い木の実のことです。狭義では「櫟の実」のみを指しています。しかし、こならなどの落葉樹の実を含めて団栗と言うこともあります。それぞれ形が違うので、拾って観察してみましょう。

どんぐりがいつも近くに落ちている　福田碧生（小三・長崎県）

ポケットのどんぐり落ちる逆上がり　中田翔己（中二・東京都）

ポケットにどんぐりつめてかけよる子　中原純人（教師・鹿児島県）

紅葉（もみじ）

黄葉（こうよう）・初紅葉（はつもみじ）・照葉（てりは）・紅葉川（もみじがわ）・紅葉山（もみじやま）（晩秋）

秋が深まってくると、公園や山々の木々の葉が赤色や橙色に色づきます。これが「紅葉」という現象です。秋に初めて色づいたものを「初紅葉」、夕方に見る紅葉を「夕紅葉」といいます。また赤ではなく黄色に変わるものは「黄葉」といって、代表的な植物には「銀杏（ぎんなん）」があります。

紅葉のトンネルの下一歩ずつ　木戸場凛（小六・岩手県）

参道の紅葉色づく岩木山　竹中健人（中三・青森県）

紅葉且つ散りて作文添削す　岡野裕子（教師・千葉県）

秋（植物）

林檎（りんご）

紅玉（こうぎょく）・ふじ（晩秋）

林檎はおもに寒い地域でとれる果物なので、お店に並び始めると、秋がきたなと感じます。爽やかな香りがあり、丸ごとかじったり、皮をむいて切り分けたりして生で食べることが多いです。しかし、キャラメルで煮たり、パイにしたりと、いろいろな食べ方を試すのも食欲の秋に相応しいでしょう。冬に市場に出回る林檎は「冬林檎」と呼ばれます。

リンゴもぎ今日も明日もながめてる　　須田山遥（小三・青森県）

林檎食む君にもきっと好きな人　　佐藤なつみ（高二・秋田県）

林檎捥ぐ林檎の尻を空に向け　　山本　新（教師・東京都）

秋（植物）

柿（かき）

渋柿（しぶがき）・吊柿（つるしがき）・ころ柿（がき）（晩秋）

秋を代表する果物の一つです。完熟すると鮮やかな濃い橙色になります。「干柿」に使われる渋柿と生食できる甘柿に区別されます。どの種類も非常に甘く、美味です。種類によって食感に違いがあります。食べ比べてみましょう。関連季語→干柿（171ページ）

どれくらい食べてもいいの庭の柿

加藤愛由（小六・福井県）

秋（植物）

秋（植物）

栗（くり）

焼き栗（やきぐり）・落栗（おちぐり）・栗飯（くりめし）・栗山（くりやま）・栗林（くりばやし）（晩秋）

栗の実は自分を守るための鋭いとげに覆われたイガに包まれています。食べごろになると、イガが濃い茶色になり裂け目ができて中の実が見えます。焼いたり茹でたりしてそのまま食べるほか、「栗飯」にするのも美味です。

お茶わんに顔近づける栗ごはん

青木紗菜（小五・東京都）

冬の句

冬（ふゆ）

三冬（さんとう）・冬帝（とうてい）・冬将軍（ふゆしょうぐん）・厳冬（げんとう）（三冬）

立冬から立春の前日までの期間が「冬」です。冬は一日を通して気温が低く、人々は寒さに耐えるために様々な工夫をします。木も葉を落とし、草花は種の姿になって、雪や冷たい風に耐えます。動物のうち、蛙や蛇などは「冬眠」して冬を越します。

石一つ冬の川面に投げるかな

桑原利明（中一・福岡県）

次の駅までには暮れぬ冬の街

渡邉照夫（教師・埼玉県）

寒さ（さむさ）

寒し（さむし）・寒夜（かんや）・寒月（かんげつ）（三冬）

季語の「寒さ」は、単に自分が感じたその時の寒さだけを表しているのではありません。季語としての「寒さ」はその言葉の中に、肌身に感じる寒さや、見るからに寒そうだという景色、冬の到来と共に訪れる全ての寒さを含んでいます。

さむい道力を出して歩いてく
工藤日菜子（小二・山形県）

窓際に長方形の寒さあり
三原瑛心（高一・愛媛県）

空風（からかぜ）

からっ風（かぜ）（三冬）

冬の時期の、天気が良い日に吹く北西の季節風のことで、関東地方にはよく吹く強い風です。地方によっては「からっ風」と呼ばれます。

くつ下の穴から入るからっ風

池田奈々華（小五・群馬県）

ガリガリと噛むのど飴や空っ風

里舘園子（高二・岩手県）

冬の朝（ふゆのあさ）

冬曙（ふゆあけぼの）・寒暁（かんぎょう）・寒（さむ）き朝（あさ）・冬暁（ふゆあかつき）（三冬）

清少納言の『枕草子』に「冬はつとめて。雪の降りたるは言ふべきにもあらず」があります。「冬は早朝が良い。雪が降っている様子は言うまでもない」と、その素晴らしさを讃えているのです。冬の朝は布団から出づらいものですが、外ではゆっくりと朝日がさし、「霜」やうっすら凍っていた溜め水の表面が溶けてきらきらと輝きだします。こうした美しさは、冬の朝ならではの光景なのです。関連季語→雪の朝（198ページ）

冬の朝オレンジ色の地平線

三木健生（中三・和歌山県）

冬の朝真白き大地踏みしめる

宇野ひなた（高二・愛知県）

冬（時候）

雪の朝、雪の夜（三冬）

雪が降る夜に、明日の雪の積もり具合を期待しながら布団に入るのは、わくわくするものです。雪が降った朝は、寒さをこらえて外に出ます。一面に広がるまっさらな雪景色は美しいものです。雪の中を登下校するのは大変ですが、冬の一番身近な冒険です。関連季語 ↓ 雪（207ページ）、冬の朝（197ページ）

雪の朝パンのにおいの通学路　伊勢雅姫（小六・愛媛県）

一人きり時間が止まる雪の夜　野村裕子（高二・愛知県）

雪の朝犬の鼻先くっきりと　後藤真由美（教師・兵庫県）

年の暮（としのくれ）

年暮（ねんぼ）・歳暮（せいぼ）・歳晩（さいばん）・歳末（さいまつ）・年末（ねんまつ）・年の瀬（としのせ）・年の果（としのはて）・年暮る（としくる）・年尽くる（としつくる）（仲冬）

十二月は一年の締めくくりの月です。十二月が半ばも過ぎると、いよいよ「一年が終わるなあ」という気持ちが生まれます。新年を迎える用意があわただしく始まり、街が活気に満ち溢れてきます。

母を呼ぶ声に火が揺れ年の暮　入江真凛（高一・愛知県）

手付かずの父の土産よ年暮るる　横山純嵘（高二・愛媛県）

冬（時候）

大晦日(おおみそか)

大晦日(おおつごもり)・大歳(おおどし)（仲冬）

一年の一番最後の日、つまり十二月三十一日を指します。旧暦では十二月三十日がその年の最終日だったため、大三十日(おおみそか)と言いました。「年越蕎麦(そば)」を食べたり、年末のテレビ番組を見たりして、新年がやってくるのを待ちます。関連季語 ↓ 年の暮（199ページ）、除夜の鐘（234ページ）

家中に掃除機の音大晦日
鈴木彩芽（小六・東京都）

大晦日家のすみまでかがやいた
親泊佑奈（小六・沖縄県）

大晦日町いっぱいに響く鐘
川田梨央（中一・富山県）

寒の入（かんのいり）

寒に入る（かんにいる）（晩冬）

二十四節気の一つ「小寒」に入る日のことを指します。一月五日あるいは六日ごろが多いです。「寒」とは一年でもっとも寒くなる時期のことで、一月二十日ごろは「大寒」と呼ばれ、寒さの極まった時期とされます。関連季語 → 寒さ（195ページ）

自転車のペダル重たし寒の入り
菊池智輝（中二・愛媛県）

新しき長靴の色寒に入る
野田晶子（教師・岐阜県）

冬（時候）

春近し（はるちか）

春隣（はるとなり）・春隣る（はるとなる）（晩冬）

春がすぐそこまできていることを「春近し」「春隣」といいます。冬が終わりに近づくと、陽光が当たるところなどは特に春がそこまできていることを感じさせてくれます。山々や川、花壇の植物などを観察すると、冬の盛りの頃とは違った様子が感じられるでしょう。関連季語 → 日脚伸ぶ（203ページ）

春近したぷんたぷんと鳴る水筒　伴野瀬里佳（高二・愛知県）

春近しとなりの席は好きな人　下田　望（高二・三重県）

春近し目覚めはいつも鳥の声　坪田朱莉（高三・三重県）

冬（時候）

日脚伸ぶ（晩冬）

冬が終わりに近づいてくると、昼間の時間が伸びてきます。その様子を表したのがこの季語です。登下校の時に、朝が明るかったり、夜の訪れがゆっくりだったりするのを感じてみましょう。ちなみに、一年の中で一番昼間の時間が短い日を「冬至」といい、「柚湯」に入ったり「南瓜」を食べたりする習慣があります。

日脚伸ぶ集合場所はすべり台

大熊　拓（教師・東京都）

下校児を見遣る窓辺や日脚伸ぶ

大谷文彦（教師・東京都）

冬銀河（ふゆぎんが）

オリオン・冬北斗（ふゆほくと）・冬の星（ふゆのほし）・凍星（いてぼし）・冬星座（ふゆせいざ）・星冴ゆ（ほしさゆ）（三冬）

冬は寒いので、空気中の水蒸気やちりが少なくなります。すると、満天の星をはっきり見ることができます。「冬銀河」が季語になっているのは、この美しさが特別なものだからです。冬の大三角形で知られるベテルギウスは、「オリオン座」をつくる星です。冬に見える北斗七星は「冬北斗」と呼ばれます。

冬銀河上を向こうと言っている
鈴木啓文（中三・静岡県）

電飾の上に大きなオリオン座
森　涼華（高一・茨城県）

冬銀河産声を待つ缶コーヒー
徳永　卓（教師・新潟県）

北風（きたかぜ）

北風（きたかぜ）・北風（ほくふう）・冬の風（ふゆのかぜ）・寒風（かんぷう）（三冬）

北風は、冬の間に吹く寒い風のことを指します。一方で、「木枯」と呼ばれる風は吹く時期が限定されています。いずれにせよ、強い風を受けると寒さが体にこたえますすね。この寒さをどのように俳句にしたらいいのかを感じ取ってください。関

連季語 ↓ 木枯（２０９ページ）

いじわるをして北風が首通る　喜　美冬（小四・鹿児島県）

北風にキコキコ回る風見鶏　立平宗大（高三・島根県）

寒風や通過駅にも人が立ち　西田拓郎（教師・岐阜県）

冬（天文）

冬の空

冬天・凍空・寒空・冬青空・冬空（三冬）

晴れている時の冬の空は、ピンと張りつめた空気と寒さですがすがしい心地がします。しかし、曇った冬の空の薄暗さや不気味さ、寒々しさも冬の空独特のものです。他に、「凍空」「寒空」という言葉も冬の空を示す季語です。

体育が一番とくい冬の空　石田雷珠（小四・愛媛県）

冬の空とても静かな由比ヶ浜　佐竹華綾（中一・東京都）

両膝にサッカーの傷冬の空　下平望央（高三・三重県）

雪（ゆき）

六花（りっか）・雪の花（ゆきのはな）・粉雪（こなゆき）・根雪（ねゆき）・新雪（しんせつ）・細雪（ささめゆき）・雪空（ゆきぞら）・雪催い（ゆきもよい）・雪風（ゆきかぜ）・雪明（ゆきあかり）・大雪（たいせつ）・小雪（しょうせつ）・深雪（しんせつ）・雪月夜（ゆきづきよ）・雪晴（ゆきばれ）・雪景色（ゆきげしき）・雪の宿（ゆきのやど）（三冬）

上空の水蒸気が冷えて結晶になり、地上に降ってきたもののことを「雪」と呼びます。結晶の形が花に見えることから「六花（むつのはな、ろっか）」とも呼ばれます。昔から、冬の雪は春の花、秋の月と並んで、自然の美しさを代表するものとされてきました。ここに並んでいる以外にたくさんの句があるので、自分の心に響くものを探すと良いでしょう。

関連季語 ↓ 雪かき（230ページ）、雪遊（231ページ）

屋根雪の音に紛れて父帰宅　中野七海（小六・青森県）

晴れの日の鏡のように光る雪　辻　百花（中一・和歌山県）

雪に立つ星の匂ひ（い）の一樹かな　宮下嘉納子（教師・愛媛県）

初雪（はつゆき）

新雪（しんせつ）（初冬）

その年に初めて降る雪のことを特にこのように呼びます。関連季語→雪（207ページ）

初雪や歩いていればほほぬらす　服部陽星（小四・東京都）

初雪や誰かを祝うように降る　喜多智未（中二・青森県）

初雪や図書室の鍵見あたらず　井川翔太（教師・岐阜県）

凩（こがらし）

木枯（こがらし）（初冬）

秋の終わりから冬の初めにかけて吹く強い風のことをいいます。その風の強さは、木の葉を落とし、木を枯らしてしまうほどであることから「木枯」というのです。関連季語 ↓ 北風（205ページ）

木枯しの真ん中どうどうと歩く　重松英里南（高一・愛媛県）

人波を揺らす木枯交差点　景山裕介（高二・茨城県）

冬（天文）

冬日和（ふゆびより）

冬晴（ふゆばれ）（仲冬）

「冬麗（ふゆうらら）」と同じく、冬の晴れた日のことを指します。冬の初め頃ではなく、冬の半ば頃以降に使う季語です。語感や、言葉と見た風景の響き合いなどを考えて、季語を使い分けましょう。関連季語 ↓ 冬麗（211ページ）

担任の口癖うつる冬日和

森　勇人（高一・愛知県）

草踏んで山の子となる冬日和

村上海月（高二・愛媛県）

冬麗（とうれい）

冬麗（ふゆうらら）（仲冬）

冬の晴れた日のことを指します。「小春日和（こはるびより）」は初冬の時期だけに使う、春に似た温かい気候の日のことです。「冬うらら」はそれ以外の時期にも使えます。冬の温かい日差しはありがたく、ほっとします。

関連季語 ↓ 冬日和（210ページ）

父さんの白髪増えゆく小春かな　藤岡亜沙美（高二・愛媛県）

数学の席は窓際冬うらら　松平直也（高三・三重県）

小春日や象の歩みのやはら（わ）かく　渡辺香苗（教師・愛知県）

冬の月（ふゆのつき）

冬三日月（ふゆみかづき）・寒月（かんげつ）・寒三日月（かんみかづき）（晩冬）

冬の月は塵の少ない大気のおかげで研ぎ澄まされたような印象があります。そのなかでも、とりわけ凍り付いたように見える月のことをこのように表現します。満月はもちろん趣がありますが、「寒三日月」もまた美しいものです。

口論に寒三日月の細きこと

西根輝男（教師・三重県）

劇場の工事中なり寒の月

石川裕子（教師・愛知県）

雪晴（ゆきばれ）

深雪晴（みゆきばれ）（晩冬）

冬の晴れの日のことを「冬晴」といいます。晴れていても寒いことがあります。しかし、雪が降った翌日は快晴で、風も無いことが多いです。このような日を特に「雪晴」といいます。関連季語 ↓ 冬麗（211ページ）、冬日和（210ページ）

雪晴や八丁味噌のおみおつけ　　大橋佳歩（高一・愛知県）

冬晴れや首里城の赤ゆるぎなし　　佐久間すみれ（高二・茨城県）

冬景色（ふゆげしき）

冬の景（ふゆのけい）・冬景（とうけい）（三冬）

寒々しく、植物が枯れてしまうほどの凍てつくような冬の光景のことをいいます。透き通った風や空気など、冬ならではの眼前に広がる景色には趣があります。

別れ道右も左も冬景色　森　透弥（中一・静岡県）

雪景色見えないものが見えそうな　乙川海人（高二・茨城県）

枯野（かれの）

大枯野（おおかれの）・枯野道（かれのみち）・枯野原（かれのはら）（三冬）

冬になると、夏には青々としていた野原は枯れてしまいます。それを「枯野」といいます。冬の野原というだけなら「冬野」ですが、枯野は枯れ果てたわびしい野原の姿のことです。

ことことと水車枯野に響くなり

鈴木紀予子（教師・愛知県）

山眠る（やまねむ）

（三冬）

実際に山が眠っているのではありません。冬の山には生き物の気配が少なく、植物も枯れています。その静かな様子を、眠っているようだと擬人化して表現しているのです。春の山を「山笑ふ」、秋の山を「山粧ふ」と人は見るのがおもしろいですね。

冬（地理）

山眠る祖父の淋しき怒り肩　村上明由（高二・愛媛県）

牧場の朝の虚ろや山眠る　橋口幸樹（高二・愛知県）

霜柱（しもばしら）

霜（しも）くずれ・霜柱（しもばしら）踏（ふ）む（三冬）

とても寒い朝に土の上を歩くと、地面からさくっさくっと音が聞こえることがあります。これは「霜柱」を踏んだ音です。「霜柱」とは夜の間に地面から染み出た水分が氷の結晶になって土の上に突き出たもののことです。冬ならではの楽しい自然の音ですが、霜柱は、農作物に悪い影響を与えることもあります。

霜柱地球にとげがささってる　内海怜子（小四・茨城県）

霜柱見つめる僕は一人です　大本純生（中一・愛媛県）

霜柱わざわざ戻る踏みたくて　乗松結衣（高一・山口県）

氷柱（つらら）

垂氷（たりひ）・銀竹（ぎんちく）（晩冬）

特に寒い地域でよく見られる光景です。滴った水が冬の寒さでその形のまま氷ったものです。軒のひさしの部分や、木の枝などによく見られます。

つららから輝く水がおちてゆく　横尾咲夜（小四・新潟県）

屋根の下つららの家族並んでる　佐藤嘉輝（小六・茨城県）

屋根からの氷柱地面に突き刺さる　佐藤舞奈（中一・群馬県）

日向（ひなた）ぼこ

日向（ひなた）ぼっこ・日向（ひなた）ぼこり（三冬）

四季のうち、一番日差しが恋しい季節は冬でしょう。冬のぽかぽかした日差しを全身に浴びて温まることを「日向ぼこ」といいます。天気がいい日が続くとは限らない冬の楽しいひとときです。

日向ぼこちょっとはなれてする会話　鴨志田羽奈（小三・東京都）

親友と大の字になり日向ぼこ　戸川　華（高二・山口県）

仲直りしたくて座る日向ぼこ　福井祥江（教師・奈良県）

息白し（いきしろし）

白息（しらいき）（三冬）

大気が冷えてくると、吐く息が白くなります。「息白し」は、息が白いということを指し、「白息」は白い息そのものを指します。日常の様々な場面の「白息」に注目し、俳句にしてみるとよいでしょう。

冬（生活）

白い息機関車みたいに出してみる
大前良我（中一・和歌山県）

行ってきます急ぐ私の息白し
金井菜緒子（中二・群馬県）

何気なく話したときの息白し
島田美夢（中三・福岡県）

ストーブ

暖房（だんぼう）・ペチカ・暖炉（だんろ）（三冬）

ガス、石油、電気、また薪などを使った暖房器具です。年末に集まる人々が大勢でストーブに当たっている光景も思い浮かびますが、最近では、一人で使う小型のものも普及しました。

ストーブにつどう手の平輪になった　清家孝之（小四・愛媛県）

ストーブの火がほんのりともる夜　桑原希佳（小四・三重県）

ストーブや静かに置かれたる陶器　今野巧海（高二・愛知県）

コート

セーター・外套（がいとう）（三冬）

冬服の一番上に着て寒さをしのぐ衣服が「コート」です。色にも形にもさまざまな種類があります。元々は婦人の和服用のコートを指していました。「セーター」は編み物の上着の総称です。カーディガンやプルオーバーなどいろいろな種類があります。

冬（生活）

セーターをゆっくり被る朝支度　髙塚紗季（中三・千葉県）

新品のコート明日は月曜日　齋藤陸斗（高二・岩手県）

鍵束を黒きコートに鳴らしを(お)り　水野大雅（教師・愛知県）

手袋(てぶくろ)

手套(しゅとう)（三冬）

冬の寒さは、足先や指先などに特にこたえるものです。手の温かさを保つのに嵌めるのが手袋です。素材はさまざまですが、毛糸や布で作られたものには様々なバリエーションがあります。革製のものにはどこか大人っぽい雰囲気が漂います。

手袋をかたてににぎり走る朝　日向瑛美（小五・岩手県）

手袋の片方ずっと探してる　荒町璃音（高二・青森県）

マフラー

襟巻（えりまき）（三冬）

防寒のために首に巻いたり肩にかけたりするものです。大きさも様々で、色素材や模様で個性が出せる冬のおしゃれの一つです。

マフラーの巻き方悩む朝仕度　峯田実奈（中二・宮城県）

冬（生活）

マフラー編むどんな顔して渡そうか　大柿楽々（中二・宮城県）

五つの子母のマフラー長すぎて　野島涼子（教師・東京都）

焼芋（やきいも）

焼藷（やきいも）・石焼芋（いしやきいも）（三冬）

さつまいもを焼いたものです。香ばしく、ほっくりとしていて美味です。蜜が多い部分はとろりとした食感になっています。近頃はスーパーでも手軽に手に入ります。

焼き芋のにおいがしたら家を出る　武内琴音（小六・東京都）

焼き芋の皮まで食べる帰り道
岩田歩輝（高三・島根県）

やきいもの声が響くよビルの街
山梨光弘（教師・東京都）

スキー

スキー場（じょう）・スキーヤー・ゲレンデ（三冬）

もともとは、雪の上での移動をしやすくするために考え出されたものでした。今では冬の人気スポーツです。冬季オリンピックの種目も多く、急な斜面を滑り降りたり、人工的に作った台から飛んだりして競い合います。

スキーぐつロボットみたいなあるきかた
田中悠翔（小一・大阪府）

冬（生活）

転ぶたび青空見えるスキーかな
吉田直希（中一・埼玉県）

スキー場の何処かに帽子落としけり
金川浬久（中二・愛知県）

クリスマス

聖樹（せいじゅ）・降誕祭（こうたんさい）・聖夜（せいや）・聖歌（せいか）・聖菓（せいか）（仲冬）

「クリスマス」は、イエス・キリストの降誕祭、つまり誕生を祝う日であるとされています。教会で礼拝が行われ、周りの人たちの平安を祈ります。優しい気持ち、幸せな気持ちで満ち足りた一日にしたいものです。前夜は「クリスマス・イヴ」と呼ばれます。クリスマスに飾られるもみの木のことを「聖樹」と言います。クリスマスツリーのことです。

プレゼントきまらずすぎたクリスマス　有住龍星（小六・岩手県）

フルートに電飾映すクリスマス　望月心温（中一・静岡県）

クリスマスつま先立ちで星に触れ　松田桃子（高二・愛媛県）

冬休み（ふゆやすみ）

年末休暇（ねんまつきゅうか）（仲冬）

寒冷地を除き、学校の冬休みは大体一から二週間程度で、夏休みに比べると短い期間です。ですが、クリスマスや年末年始など、行事ごとが多いので、家族や身近な人と過ごす時間はぐっと濃くなります。

ふゆ休みえさをたべてるモルモット　鈴木和明（小一・東京都）

図書室の本眠り入る冬休み　田中万琴（中一・静岡県）

歓声の無ければ寂し冬休み　豊村聡子（教師・長崎県）

年用意（としようい）

春支度（はるしたく）（仲冬）

新年を迎えるために年末に行う様々な用意のことを「年用意」と言います。松飾りやお供え餅、おせち料理の材料や新年用の衣服などの買い物はもちろん、昔は畳を替えたり障子を張ったりと大忙しでした。「年用意」は、そうしたせわしい様子と新年へのわくわくした気分が感じられる季語です。

ハンガーに制服かけて年用意　真勢里奈子（中二・青森県）

火山灰子らと掃き出し年用意　上原幸一（教師・鹿児島県）

日記買う（にっきかう）

古日記（ふるにっき）（仲冬）

年末になると、新年に向けて新しい日記を買い求めます。新しい年を迎える心の準備でもあります。一年を通して使った日記を書き終えることを「日記果つ」といい、「日記買う」と同じく年末の季語です。

アルプスの稜線太し日記買う　森下采咲（高一・岐阜県）

冬（生活）

日記買ふ(う)もうすぐ閉づる文具店

菊池陽子(教師・東京都)

雪かき(ゆき)

除雪車(じょせつしゃ)・除雪(じょせつ)(晩冬)

あたり一面が雪に覆われた雪景色には特別な趣があります。しかし、暮らすには不便です。豪雪地帯では人に被害が発生することもあります。「雪かき」は、こうした危険を防ぐため、道の雪を端に寄せたり、屋根の雪を下ろしたりすることです。「除雪車」も活躍します。

雪かきで道をひろげて日が暮れる

中村 繭(中三・青森県)

除雪車のせまる暗闇朝仕度

山﨑亜希（教師・山形県）

雪遊（ゆきあそび）

雪合戦（ゆきがっせん）・雪投（ゆきなげ）・雪（ゆき）だるま（晩冬）

雪が降り、積もったとなれば雪遊びをせずにはいられません。雪玉を作ってぶつけ合う「雪合戦」は、スポーツ競技にもなっています。体育の授業でチーム戦をすることもあるでしょうか。激しい運動が得意でなくても、みんなで協力して「雪だるま」を作ったり、一人でかわいい「雪兎」を作ったりするのも楽しいものです。

いかないでもっとあそぼうゆきだるま

茂木智宇（小二・埼玉県）

雪だるま溶けてなくなるその日まで

濵野舞人（中三・大阪府）

天気図にだんだん増える雪だるま

入沢佳菜子（高二・群馬県）

寒稽古（かんげいこ）

寒中稽古（かんちゅうげいこ）・寒復習（かんざらい）（晩冬）

小寒から大寒までの期間のことを寒中と言います。この期間の早朝や夜に、厳しい稽古を行うことによって心身を鍛えることが「寒稽古」です。武道や芸能の稽古がイメージされる季語です。

自分との戦いに勝つ寒稽古

奥山聖菜（中一・埼玉県）

寒稽古袴を通る声と風

勝見魁人（中一・静岡県）

七五三（しちごさん）

七五三祝（しめいわい）・千歳飴（ちとせあめ）（初冬）

十一月十五日に行う子どもの成長を祝う行事です。男の子は三歳と五歳、女の子は三歳と七歳に行うのが一般的です。子どもの長寿を願った長い棒状の「千歳飴」も季語です。

七五三母のおさがり似合うかな

小野葵（小五・岐阜県）

帯をしめ少し苦しい七五三

水野華（中二・東京都）

つないだ手少しさみしい七五三

相田愛実（中三・埼玉県）

除夜（じょや）の鐘（かね）

百八（ひゃくはち）の鐘（かね）（仲冬）

「大晦日」の寺院では、煩悩を払うために年越しから年明けにかけて一〇八回鐘を撞きます。この数は人の煩悩の数とされています。これを「除夜の鐘」といいます。

ねむりつつ数を数える除夜の鐘

鈴木ゆら（小六・茨城県）

除夜の鐘空気が全部ふるえだす

明日彩華（中二・宮城県）

冬(ふゆ)の蝶(ちょう)

冬蝶(ふゆちょう)・凍蝶(いてちょう)・蝶(ちょう)凍(い)つる（三冬）

冬の初めはまだ暖かいので、蝶が飛んでいることがあります。弱々しく飛んでいる様子は哀れなものです。似た季語に「凍蝶」がありますが、こちらはよろよろと飛んだり、凍ったように動かなかったりする蝶のことです。

冬の蝶風にゆられて木にとまる　坂本彩菜（中一・青森県）

凍蝶や墓石に名を彫らぬまま　八木大和（高二・愛媛県）

陽だまりの匂ひ(い)辿れば冬の蝶　川口十南（高三・沖縄県）

梟（ふくろう）

ふくろ（三冬）

ペットショップやカフェで見かけることも多くなった梟ですが、俳句では森林に住み、夜に獲物を狩る姿が本意とされます。ホーホーという鳴き声が特徴的です。

梟や誰のものでもない世界

馬越理子（高一・愛媛県）

綿虫（わたむし）

雪虫（ゆきむし）（初冬）

冬の初め頃に、弱々しく飛んでいる小さな白い昆虫を見かけることがあります。その様子が綿の屑のように見えるのでこの名前がついています。

綿虫の我がてのひらに休みけり

角南知子（教師・岡山県）

寒雀（かんすずめ）

冬雀（ふゆすずめ）・凍雀（いてすずめ）・ふくら雀（すずめ）（晩冬）

寒中つまり小寒から大寒の間に見かける雀のことを言います。この頃の雀は寒さに耐えるために羽毛を膨らませてふっくらとしています。愛らしい冬の動物です。

ロッカーはなんでも入るかんすずめ

山田　湊（小二・愛媛県）

寒雀誰も見てゐ（い）ぬ大道芸

葛谷美桜（高二・岐阜県）

藪にいて何か楽しげ寒雀

野中恵子（教師・宮崎県）

白鳥（はくちょう）

スワン・白鳥来る（はくちょうくる）（晩冬）

冬に日本に渡ってくる代表的な渡り鳥で、大型で真っ白な姿が特徴です。新潟県の瓢湖がとりわけ有名ですが青森県や島根県にも飛来します。

白鳥が白い景色にとけこんで

馬場明香里（中二・福岡県）

約束は約束のまま白鳥来る

檜垣早苗（高二・愛媛県）

白鳥の鳴きかわす声夜渡り

今田いく子（教師・山形県）

落葉（おちば）

落葉（らくよう）・落葉焚く（おちばたく）・落葉風（おちばかぜ）・落葉掃く（おちばはく）（三冬）

秋に「紅葉」した葉の色は徐々にあせていき、冬になると散って「落葉」になります。落葉が道一面に敷き詰められている様子は壮観ですが、一本だけ落葉を降らせている様子も趣があります。落葉を踏むと、ぱりぱりと音がします。

落葉ふむ色んな音が聞こえるよ

水谷春斗（小三・岐阜県）

通学路おち葉のもとで話しこむ

石戸花菜子（中三・佐賀県）

自転車の籠に落葉の溜りゆく

種田彩花（高一・石川県）

蜜柑（みかん）

蜜柑山（みかんやま）（三冬）

小ぶりで皮が剝きやすい冬の蜜柑は大ぶりな夏蜜柑とはまた違った趣です。炬燵に入って蜜柑をほおばることもあるでしょう。手だけで食べられるので、とても親しみのある冬の果物ですね。食べ過ぎると手が黄色くなることもあります。関連季語→夏蜜柑（73ページ）

蜜柑狩り途中途中で食べていく

大嵩宗寿（中二・鹿児島県）

山道は右も左も蜜柑かな

藤田百花（高二・愛媛県）

子の名前考えつつもみかん剥く

大熊　拓（教師・東京都）

大根（だいこん）

だいこ・すずしろ・大根畑（だいこんばたけ）・大根汁（だいこんじる）・大根売（だいこんうり）（三冬）

葉の部分も炒めてふりかけにすると美味ですが、主に白く太い根を食用とします。おでんや鍋などをはじめ、冬の食卓に欠かせない食べ物です。たくあんにするために干すことも「大根干す」として冬の季語になっています。

だいこんがおいしくできたゆうごはん

山内徠愛（小一・佐賀県）

おのころ島波の匂いの大根干す
馬越三奈（高二・愛媛県）

独り言多き暮らしや大根煮る
三好景子（教師・愛媛県）

裸木（はだかぎ）

枯木（かれき）・冬木（ふゆき）・枯木立（かれこだち）（三冬）

冬の木のことを総称して「冬木」といいます。なかでも、葉を落とし、幹と枝だけの木のことを「裸木」といいます。実際に枯れたのではありませんが同じ意味でまるで枯れたような木のことを「枯木」といいます。それぞれの印象が違います。

枯木道川の流れを沿うごとく
小川ののか（中一・千葉県）

通学路裸木の間に富士のぞく

幡鎌　萌（中一・静岡県）

冬紅葉（ふゆもみじ）

残る紅葉（のこるもみじ）（初冬）

「冬紅葉」は冬になっても落葉せずに木に残っている「紅葉」のことです。冬になってから葉が色づくことを言うのではありません。冬の厳しい気候にさらされた紅葉は、秋とは異なった美しさを持っています。

古寺の箒目まるし冬紅葉

和田真奈（高二・岐阜県）

冬（植物）

帰り花（かえりばな）

返り花（かえりばな）・忘花（わすればな）（初冬）

時期が過ぎたはずなのに再び咲いた花のことを指します。暖冬にはよく見かける現象です。

帰り花母と二人の夕餉かな

若井清美（教師・愛媛県）

ポインセチア

猩々木（しょうじょうぼく）（仲冬）

真っ赤に色づいた葉が美しく、クリスマスムードを盛り上げる装飾用の植物として親しまれてきました。花屋には、冬の初めの頃から並び始めます。花に見える葉と比べると、本当の花は小さく、あまり目立ちません。

名前何度も呟くポインセチア

栗原明日香（高二・茨城県）

冬椿（ふゆつばき）

寒椿（かんつばき）（晩冬）

「椿」自体は春の季語になっています。しかし、種類によって早咲きのものがあるのと、温暖な地域では冬に咲くものがあるので「冬椿」という冬の季語にもなっています。雪の降った後に鮮やかな色の椿が咲いている様子は非常に美しいです。

床の間に朝日差し込む寒椿

寺田有里（中一・青森県）

寒椿今日から私らしく生き

柳江里加（高二・三重県）

冬（植物）

水仙（すいせん）

水仙花（すいせんか）・雪中花（せっちゅうか）（晩冬）

「水仙」の咲く時期は十一月から四月ですが、季語としては「雪中花」と呼ばれるように冬の深まったころあいの趣が重視されています。葉は緑色でまっすぐに伸び、花弁は白色で、凛とした雰囲気をまとっています。香りが良いのも特徴です。

水仙の香りに心透き通る

吉澤真純（教師・茨城県）

新年の句

正月（しょうがつ）

祝月（いわいづき）・元月（がんげつ）・初春月（はつはるづき）・初空月（はつそらづき）

一年の始まりの月、つまり一月のことを「正月」といいます。初詣に出かけたりお年玉をもらったりと非日常的な行事が目白押しの楽しい月です。一月のことを「正月」という時には、そうした雰囲気や語感が含まれています。

似たような顔がいっぱいお正月　中村一斗（小六・新潟県）

お正月ひとつひとつの顔がある　林　愛夏（中一・青森県）

富士の山美しすぎるお正月　尾形将吾（高二・山梨県）

去年今年（こぞことし）

去年（きょねん）・旧年（きゅうねん）・宵（よい）の年（とし）・初昔（はつむかし）

去年と今年の境目は、たった一晩です。「この夜が明けたら、新年が始まる。明日には、今過ごしている時間は去年になるんだ」、「さっきまでの時間は去年なんだ」という感慨を表した言葉です。

去年今年変わらぬ鍵の置き所

中原壱朋（教師・茨城県）

校門に箒目正し去年今年

上原幸一（教師・鹿児島県）

新年（時候）

年新た（としあらた）

年明け（としあけ）・新年（しんねん）・年の始（としのはじめ）・年明く（としあく）・年立つ（としたつ）・年始（ねんし）・年初（ねんしょ）・年迎う（としむかう）

年が明け、新しい一年が始まります。止まることのない時計の針が進むだけなのに、なんだか心まで改まった気持ちになります。

消しゴムをいっぱい使って年明ける　吉川朝陽（小五・東京都）

一息に決意吸いこむ年新た　安倍美咲（中三・静岡県）

初日（はつひ）

初日の出（はつひので）・初旭（はつあさひ）

元日の日の出、またその太陽そのものを指します。太陽自体は昨日までのものと同じですが、特別な美しさがあります。そう感じるのは、年が改まったことを実感する人の心によるものでしょう。

初日の出いつもとちがう海の色　南　龍成（小五・大阪府）

初日の出太陽何か言っている　藤本准斗（中一・大阪府）

兄と見るベランダからの初日の出　和田光将（中二・千葉県）

初湯（はつゆ）

若湯（わかゆ）・初風呂（はつぶろ）・初湯殿（はつゆどの）

新年になって初めて沸かしたお風呂に入ることです。近頃は数が減りましたが、銭湯で初湯が楽しめるところもあります。

一年の目標決める初湯かな　出浦未来（小六・東京都）

指先の溶け出してゐ（い）る初湯かな　水野大雅（教師・愛知県）

年玉（としだま）

お年玉（としだま）

今では、新年のお祝いとして大人が子供に渡すお金のことをいうのが一般的です。しかし、昔はそれに限らず様々なものが贈り物の対象でした。

ポケットのちらりと見えるお年玉

原口　蓮（小三・鹿児島県）

お年玉机にならべながめてる

有我希彩（小五・福島県）

書初（かきぞめ）

筆始（ふではじめ）・吉書（きっしょ）・初硯（はつすずり）

新年に初めて筆をとることをいいます。書初は、メモ帳などにたまたま書くようなものではなく、きちんと準備して行うものです。筆と墨を使って、新年の抱負や縁起の良い言葉などを書くことが多いです。毛筆を使うので「筆始」ともいいます。

書きぞめや父のとなりで正ざして
小川千咲（小二・鹿児島県）

書き初めや身を乗り出して深呼吸
安崎真唯（中三・千葉県）

書き初めや廊下に百の志
笹崎智絵美（教師・群馬県）

注連飾（しめかざり）

注連縄（しめなわ）・輪飾（わかざり）・門松（かどまつ）

新年を祝って飾るものを「飾」といいます。藁で作った注連縄は神様がいる場所を示すためのものです。神棚や門に飾ります。「輪飾」は注連縄の一種です。

とっぷうでとんでいったよしめかざり　田中きらら（小二・福岡県）

しめ縄に家内安全ねじり込む　杉田梨花（中三・奈良県）

祖母の腕大きく伸びて注連飾　脇坂空岳（高二・愛媛県）

年賀状（ねんがじょう）

賀状（がじょう）・年始状（ねんしじょう）・年賀（ねんが）はがき

新年の挨拶をするために送る葉書や手紙です。「年賀」は正月元旦から三日までの間に行う挨拶のことを意味します。普段会う親しい人に送っても改まった感じがして気持ちのいいものです。

新年（生活）

新年（生活）

年がじょういつもとちがう字で書こう　川口真凜（小二・長崎県）

年賀状いつもは書けぬきれいな字　竹内奈々（中二・青森県）

亡き母に一枚きりの賀状来る　藤崎佳史子（教師・山口県）

日記始（にっきはじめ）

初日記（はつにっき）・新日記（しんにっき）

去年の日記が終わり、一月一日からは新しい日記が始まります。新品の日記帳に初めて書き入れるときはわくわくします。関連季語 ↓ 日記買う（229ページ）

初日記さいごの丸をていねいに　浅野迦恋（小二・愛媛県）

初日記さいしょの文字を美しく　兵頭太嘉（小三・愛媛県）

いつになく筆圧強き初日記　綿貫　新（中一・静岡県）

初夢（はつゆめ）

初寝覚（はつねざめ）

正月二日に見る夢のことを「初夢」だとする説が一般的です。めでたい夢を見ると一年間幸せに暮らせるという言い伝えがあります。「一富士、二鷹、三茄子」は、出てくるとおめでたいものの順番です。

新年（生活）

初夢を思い出せない戻りたい　木村夏稀（高一・埼玉県）

初夢のいいところだけ覚えてる　谷　謡子（教師・新潟県）

歌留多（かるた）

歌（うた）がるた・百人一首（ひゃくにんいっしゅ）・歌留多（かるた）遊（あそび）・歌留多（かるた）取（とり）

正月に行う遊びの一つです。昔から小倉百人一首を使った「歌がるた」が親しまれています。取り札には下の句だけが書かれていますが、読み手は上の句から読み始め、早く取った方が勝ちです。今では、絵本やアニメのかるたなど様々な種類があり、大抵は読み手が最初に発する文字が取り札に記されています。進むにつれて白熱して楽しいものです。

新年（生活）

かるたとりこそっとくれるお兄ちゃん　沢田鶴貴（小二・滋賀県）

神棚に一礼をして歌留多会　金城愛那（高三・沖縄県）

とんど

どんと・どんど・どんどん焼き

小正月に行われる行事です。注連縄や書初などを焚き、無病息災や書道の上達を祈願します。地域によって「とんど」「どんと」「どんど」などいろいろな呼び名があるのが特徴です。

どんとの火高く上がれと空あおぐ　荻野弥生（教師・兵庫県）

墨の香を炎にのせしどんど哉

吉田　誠（教師・熊本県）

初詣（はつもうで）

初祓（はつはらい）・初神籤（はつみくじ）

正月に、その年初めて神社やお寺に参詣することをいいます。お賽銭を投げ、神仏に詣で、お神酒や甘酒をいただいておみくじをひくのが一般的です。大晦日に除夜詣でをした直後や元旦に行く人や、少し日を空けてから行く人など様々です。有名な神社仏閣は大混雑しています。

はつもうで人のせなかに願いごと

細見妃那（小五・兵庫県）

くっついて家族で向かう初詣　吉島明日風（中二・石川県）

玉砂利のこすれる音や初詣　若林健太（高一・愛知県）

成人の日（せいじんのひ）

成人式（せいじんしき）

一月の第二月曜日が成人の日とされ、国民の祝日になっています。成人年齢が引き下げられたので、成人式を「二十歳を祝う会」として開催する自治体もあります。大人の仲間入りを周囲から認められる通過儀礼として、昔から非常に大切にされてきました。

新年（行事）

成人式終へ(え)て母校を訪ねけり

白坂昭典（教師・鹿児島県）

福寿草（ふくじゅそう）

元日草（がんじつそう）

金色の花が美しく、昔から正月の観賞用に鉢植えにされてきました。そのため、名前も「福」「寿」と、おめでたい漢字がついているのです。

福寿草全員できた二重跳び

滝沢　唯（教師・東京都）

よりよい俳句づくりに必要なポイント

星野高士

◇季語から季題へ

俳句を作っていると、知らないところに季題（季語）がたくさん存在していることに気づきます。目配りをしっかりとして、ほんの少し周りを意識して見るようになると人生、そして、毎日の生活においてより豊かな時間が生まれていくように思います。

季題を見つけた後には、それを使って表現することが必要です。その後の作業として、五、七、五にすることがあり、俳句が上手くできるかどうかの分かれ目になってきます。毎日、四六時中というわけにはいかないかもしれませんが、季節の移ろいと微妙な変化を感じ取る感性を養うことは、日本という国で生活する私たちの美学といってもよいのではないでしょうか。

五、七、五の言葉の選択、言葉の発見、言葉との出会いも大切な要素です。人の創作したものを真似ているだけでなく、自分の言葉で言わなければなりません。それによって、季題が生きてくる訳です。ただ、どうしても、「暑い」とか、「寒い」とか、単なる説明になりがちです。それを抜けたところにいいものがあり、それを自分の言葉で綴らなければなりません。

俳句という文芸は、創作する自分も必要ですが、その創作されたものを読む人がいて成り立つものです。自分の感動した気持ちをどのように読み手に繋げていくかが非常に大事な要素です。そういうことを心がけながら俳句を創作し続けると、次第に選者や相手に想いは通じていくのではないでしょうか。

歳時記に掲載されている季語は春、夏、秋、冬、新年という季節に分かれ、時候、天文、地理、生活、行事、動物、植物に分類されています。実際に目に映り見えるものもあれば、目には見えないものもあります。暑さや寒さをはじめ、見えなくても感じることの出来る季語は身近なところに結構たくさんあります。逆に見えるものでいうと、例えば春の桜や万緑、月の満ち欠けや紅葉などがあります。日本人にとっては四季の移ろいの中でその折々の季節感を味わう大切なものになっています。

俳句づくりでは、こうした目に見えるもの、見えないものをいかにバランスよく取り合わせるかも大切な要素です。見えるものばかりを材料にしていたのでは、時にそれがぶつかり合ったり、ありきたりの句になったりしてしまいます。逆に見えないものばかりでは空想の世界の夢物語のような形の句になってしまい、その感動に臨場感が感じられず、共感を得られないものになってしまうかもしれません。俳句における取り合わせにおいて大切なことは、見えるものと見えないものがある季題をどう俳句の中で生かしていくか。そこが大切になってきます。

日本における四季の移ろいと季節感がイメージされる俳句には欠かすことのできない存在です。高浜虚子は古くから季題という言葉を用いて表現してきました。私なりにそのことについて考える時、季題とは季語の延長線上にあるもののように思います。十七音の俳句の中で表現されることによって、その存在は生きた形で十七音全体に影響を及ぼすからです。

例えば舞台の上での活躍によって、座の中心に位置する主役になることもあれば、大切な存在ではあるものの、エキストラにとどまるようなケースもあるでしょう。私は俳句の中で季語が主役になることで季題に昇格するというようなイメージを持っています。それは、秀句として認められる過程で季語が季題へと一段価値が高まり昇華するということです。ただし、俳句としていい作品でなければ、やはり季語止まりの俳句ということになるのかもしれません。季語と季題の関係はそうしたところにあるのではないでしょうか。

◇切れによる俳句の拡がり

俳句における「切れ」は日本古来のもので、「や」、「かな」、「けり」という切れ字があります。これは代表的な切れ字ですが、体言で切れたり、中七で切れたり、見えない切れもあります。俳句は切れが一つ入ることで句に拡がりが感じられるようになります。

俳句は十七文字しかありません。「や」、「かな」、「けり」という切れ字を使うことで時に何千字以上の情景と感動の心情が手に取るように伝わる効果をもたらします。これは他の文芸にはありません。そのため俳句では、切れ字は適切に使うことが大切です。

ただし、あまりに切れ字を使うと、今度は句が切れたままの状態になってしまうことも多々あります。どこが着地点なのか分からない作品も多く見られる中、創作しながら内容がしっかりと整っているかどうか、内容がうまく繋がっているかを考えていかなければなりません。俳句の一番の必殺の言葉は切れ字です。

「や」という切れ字は上五で多く使われます。上五で「や」と切ることで、そのものがパッと鮮明に浮かび上がります。後のことはそれ以外のものも詠えるわけです。「や」という切れ字は、場面の転換や時間の間隔、流れを止めるという意味で使われます。ただ、「や」で切った後で、その後がなかなか出てこないということもあります。そうならないように全体像をイメージして切れ字を用いることが大切です。

中七で「や」があると、これは軽い切れと言われます。上五で切ると重く切れるので必ず場面が展開していきますが、中七では軽く切れているといっても、違う所に展開していく必要があります。「や」の使い方はいろいろ解釈があると思います。下五での「や」はあまりありません。上五、中七での切れを理解してもらうといいでしょう。

「古池や蛙飛び込む水の音」

例えばこの句も「や」という切れ字によって場面が展開され、想像の域をふくらませるということになります。

仮に「に」という字で表された俳句ならば、日記のような時系列でいつ、どこで、だれが、なにをどうしたということだけで十七音が使われてしまい、感動の情景も薄いものになってしまいかねません。

「古池に蛙飛び込む水の音」

「かな」は詠嘆を表す切れ字です。感動の気持ちをおさめる意味で句の締めくくりに多く使われます。だいたいは下五が多く、最後のところできっちりとした句の仕上がりになります。句全体が引き締まる効果もあります。中には「○○かな」と上五で使う場合もありますが、それは例外的な使い方になります。

「けり」は現在から過去へ移る時の状況を表します。自分のはっきりとした意見を表す切れ字です。最後の俳句の極めつきというか、言葉の決まりがよく出ている切れ字です。

ただし、「や」、「かな」、「けり」を一句の中で一緒にしてはいけないというルールもあります。つい知らないうちに一緒に使いがちですが、基本的には一句の中で切れ字は一つしか使えません。そのあたりをどうやって突き詰めていくかが肝心なところです。

その中で、中村草田男の「降る雪や明治は遠くなりにけり」この句だけはよいと言われています。それはなぜかというと、真ん中に「は」が入っているのですが、この字には「抱え字」という効果があります。中七に「は」が入ると「や」「かな」「けり」を一句の中で二つ用いることも可能になります。抱え字は広辞苑にも掲載されています。

よって、「降る雪や明治の遠くなりにけり」では、俳句として成立しない事になります。「は」という抱え字で強調したからこそ、切れ字を救ってくれるはたらきをもたらし、「抱え字」を使うことによって、その一句が堂々とした句になります。それによって、時間の前後関係や場面がはっきりと見えてきます。

最近では切れ字を使って俳句を創作する人が少なくなってきているようにも見受けられます。私は、切れ字はどんどん使うべきだと思いますが、なかなかそれを使いこなすにはハードルが高いようです。「○○や」という形で最初は俳句を創作することもよいでしょう。切れ字で成功している句が歳時記には沢山例句として紹介されていますのでそれを勉強することも一つです。

例えば「遠山に日の当たりたる枯野かな」という高浜虚子の句があります。

「遠山に日の当たりたる枯野あり」では単なる報告ですから、これは「枯野かな」で、枯野というものに対する気持ちがよく出ているといわれます。詠嘆で言い切ったところが名句と言われている所以でもあると感じます。

◇写実と写生、心情と感動

俳句づくりのポイントの中でも一番の基本、原点は写生にあると言われます。先ずは物をよく見ることです。そして、感動した情景そのものを十七文字に表現する客観写生と、少し自分の心や心情が優先するものの見方で俳句をつくる主観写生という作り方があります。写実とは事実を写すということです。それは例えば絵で言えばデッサンのようなものです。今度、そこに心が加わると写生ということになります。写して生まれるという意味です。

正岡子規や高浜虚子の頃は本当の事実を映して俳句を創作していたわけです。写実のその延長線上に写生があるといわれますが、全てがこれで解決するわけではありません。俳句創作の方法として写実、写生がある訳で、そこからまた発展していかなければなりません。それはそれぞれの人がどう考えるかにかかっています。

そして、俳句は自分が感動した情景を人に伝えなければなりません。自分が感動した情景を人に伝えるわけですから、伝わらなければ独りよがりの句になってしまいます。秀句とは言えません。人が見て、その作品に共感して、その作品の良さやすばらしさを共有出来て初めて成り立つようなものでもあります。しかし、この評価のポイントはなかなか難しいものです。

例えば、私も様々な俳句の選考に携わっておりますが、決して一人で評価を定めることはありません。このりんり俳句大賞でも同様です。それぞれの選考委員の評価がありますから、その句の評価は一定ではありません。だからこそ、複数の選考委員がそれぞれの個性や感性で選評をし、その中で選考の過程で選者も心が動いていくこともあるのです。「選は創作」という高浜虚子が残した名言もありますが、俳句はまず俳句を創作する作者の感動から始まり、選者の選考を通しての感動もあります。選者の感動と作者の感動が一致することが一番理想的です。

時に選者の方が先に行き、作者がついていけていない場合もあります。作者にそのような思いがなくても選者の評価によって秀句として評価されることもあります。なぜ、自分の句が評価されたかが分からないという俳句においてビギナーズラックがあるといわれる所以はそんなところにあるのかもしれません。

それが分かるようになるには、句作を積み重ねながら他流試合を積極的に行い、座の中で様々な人の色々な俳句を見て、感じて、学ぶことです。その体験を重ねていく中で、選者の言わんとしていることが次第に理解できるようになっていくのだと思います。

俳句は季節的なもの、目の前のものをうまく詠うことがとても大事です。着実にそれを十七音の言葉にしていく力を養うことが求められます。その中で、想いや気持ちをどう俳句の中で表現していくか。季語季題に自身の心情を投影させながら、一句の中にどんな気持ちを入れて詠むかは俳句作りの最も難しいところでもあり、楽しみでもあるように思います。

例えば、「鰯雲人に告ぐべきことならず」。これは加藤楸邨の有名な句です。鰯雲を見ながら人に告ぐことはないという心持ちが出ています。これは、鰯雲の広がりがあるのでこの句が出来ていると思います。あくまでも心情を詠う時には季語、季題が中心になります。それを感じ取って自分で詠うことが大事です。

もう一つ例句を挙げると、「口ごたへすまじと思ふ木瓜の花」。これは星野立子の句です。あの木瓜の真っ赤な花を見ていて、人とちょっと言い争って、口ごたへするのをやめようと星野立子が思った心情の俳句です。これは、木瓜の花が真っ赤だったからそうなるので、ほかの花ではそうはいきません。やはり、あくまでも心情を詠っても俳句の季題はぶれてはいけないということです。そこへ持ってきて自分の気持ちを表すことが大切です。

心情俳句の難しさは誰もが思うその心情をどう表現し、それがどう人に伝わるかが肝心なことです。特に心情を詠った俳句というものは独りで自分だけはそう思っているものが多くありますが、それではいけません。人との共有感を持つ必要があります。だから私はいつも俳句を作る時には、もう一人の自分を作って、客観的に創作した句を見るように心がけています。

ただ、人の持つ心情、感情はだいたいの事は皆が同じように考えることもありますから、そこをどうやって抜け出すかということが俳句づくりでは大事なところです。最初は人になかなか伝わらないかもしれませんが、そこは怯むことなく俳句を楽しんで作ることが大切です。

俳句に向き合う中で自分の方向性を定めていくまでにはやはり、十年、二十年かかるかもしれません。しかし、努力した積み重ねは決して裏切ることはなく、着実に俳句力として備わります。それは、これまでの私の経験からも言えることです。ぜひ、開花するその日まで「継続は力なり」そう言い聞かせて俳句創作に取り組んでいただければと願っております。

現在、選考などに携わっている主な俳句大会一覧

事業名・主催	開催内容	活動紹介（QRコード等）
りんり俳句大賞 主催 公益財団法人 上廣倫理財団	全国の小中学生、高校生、先生を対象とした俳句のコンクール。 1学期の部～3学期の部まで年3回の投句。四季の移ろいと感動した情景を先生方と児童生徒が共に俳句を創作し、共に応募する。	
鎌倉全国俳句大会青少年の部（一般の部） 主催 鎌倉虚子立子記念館	全国から俳句を事前句、当日句を公募。審査は現代を代表する俳句結社主宰の先生方に依頼。幅広い俳句の魅力にアプローチしている。古都鎌倉に息づく俳句の伝統と自然の魅力を分かち合う場として注目されている。	
俳句甲子園 主催 NPO法人俳句甲子園 共催 松山市・愛媛県	全国の高校生がチーム戦で俳句の作句力と鑑賞力を競い合う大会。俳句を通じた地域間・世代間の交流と若者の文化活動の活性化を目的とする。6月に各地で予選、8月に愛媛県松山市で全国大会開催。	
俳句甲子園OBOG派遣事業 主催 松山市	「俳句甲子園」への47都道府県からのエントリー獲得や参加校のレベルアップを目指して、高校生を対象に出張講座を実施。大会のOBOG達が全国各地へ出張し、俳句の基礎から試合体験まで、俳句の魅力を体感する講座を行う。	

俳句鑑賞の勘所

仁平　勝

◇五七五のリズムが大事

俳句は、たんに短い詩ではありません。五七五という音数のリズムによる定型詩です。ふだんわたしたちが使っているふつうの言葉が、五七五という定型のなかに入ると、そこで詩の言葉に変わる。その変身ぶりが俳句の魅力です。

五七五の定型には、字余り・字足らず・破調といった変則のリズムも含まれますが、それは上級者の高度な技法であって、うまく五七五に収まらなかった、というのとは違います。まずは、五七五のリズムに言葉をのせること。そこが俳句の入り口です。

なつのよるみみをすますとかわのおと　　土屋　潤（小五）

この句の内容は、夏の夜に耳をすませば川の音が聞こえるということです。けれども作者は、「なつのよる」で文をいったん切り（「に」を省略し）、さらに最後を「かわのおと」で止めて（「が聞こえる」を省略して）、言葉を五七五のリズムに収めました。

ここで大事なのは、そのリズムによって、川の音を聞いている作者の気持ちが、より鮮明に表現されるということです。

いまカッコのなかで「省略」という言葉を使いましたが、省略は俳句の重要な技法です。そして、もう一つポイントをあげると、上五の「なつのよる」と下五の「かわのおと」をつなぐ「みみをすますと」という中七の言葉が、とても効果的に使われています。

この句の場面は、たぶん夏休みで田舎に来ているのでしょう。だから、ふだん聞こえない川の音が新鮮なのです。「みみをすますと」からは、田舎の夜の静けさと、気持ちが高ぶってなかなか眠れない作者の様子が伝わってきます。


生きているその瞬間の蟬時雨　　渡部純平（中二）

前の句で、省略と中七の重要性について述べましたが、この句でも同じように、その二つがひときわ効果を生んでいます。

一句はいきなり「生きている」と始まり、その主語が省略されています。ここで主語の省略が可能なのは、下五に「蟬時雨」があるからで、主語は「蟬」だとわかる。なんとも大胆な句のかたちですが、ここで読者はそのリズムに引き込まれていきます。

そして次に、「その瞬間の」という中七がくる。意味は上五から続いて、生きている瞬間ということですが、ここでは「その」がじつに効いています。蟬は、成虫になってからの寿命がわずか一週間といわれますが、作者には、時雨のように降り注ぐ蟬の声が、まさに「その」短い一生を凝縮した生命力として聞こえているのです。

風を切る音を残して弓始　本藤加捺（高一）

「弓始」は、神社などで行われる正月の行事ですが、これは弓道部の最初の練習風景でしょう。この句では、上五の「風を切る」が中七の「音」を修飾している。これを句またがりといって、五七五のリズムに微妙な変化が生まれてきます。

上五中七には、「矢（が）」という主語が省略されている。そして作者には、的に向かって放たれた矢の音が聞こえているのですが、その様子も省略されて、ただ「風」と「音」だけが強調されています。そういう場面の切り取り方が、「弓始」の厳粛な雰囲気と、新年を迎える作者の張りつめた気持ちを表す演出として効果的です。

◇どんな場面を選ぶか

俳句は、ストーリーを述べる形式ではありません。そもそも、わずか十七音の言葉でストーリーは作れません。でも、ストーリーの一場面を表現することはできる。いま、かりにストーリーといいましたが、それはすなわち、わたしたちの人生のことです。

俳句で表現されるのは、ふだんとくに気にとめないような、日常生活のささいなできごとです。そこで俳句にしなければ、じきに忘れてしまう。それが俳句の場面によって、人生のひとコマとして作品になるのです。

わずか十七音の言葉が作品になるには、季語の力があります。季語には、わたしたちに共通の体験が詰まっているからです。その力を生かすには、季語に関わるさまざまな場面から、どんな場面を選ぶかということが大事になる。その場面がうまくピタッと決まったとき、読者のなかにストーリーが生まれてくるのです。

ポケットのちらりと見えるお年玉　　原口　蓮（小三）

季語は「お年玉」。正月が来ると、毎年楽しみなことの一つですが、さて、お年玉のどんな場面を選ぶか。ここでは、まだお年玉をもらってはいません。でも、くれそうな人のところにいくと、そのポケットから、ちらりとお年玉らしき袋がはみ出している。なんとも目ざとい作者ですが、相手は詰めの甘さからして、さしずめお祖父さんでしょう。

帯をしめ少し苦しい七五三　水野　華（中二）

季語は「七五三」。作者は女子のようです。七五三で、晴着を着せてもらった場面を選びました。それが嬉しかったのだけど、ふだん着なれないから、帯がきつくて少し苦しかったのです。これは小さい頃（たぶん三歳かな）の思い出でしょうが、「あのとき言えなかったけど、じつは……」という告白のようにも読めます。

梅雨入りや練習試合また延期　秋田航季（中三）

季語は「梅雨入り」。前に試合が雨で延期になって、その日がまた雨だったのです。そうしたらテレビで、いよいよ梅雨入り宣言が出たという。となると、次もだめかもしれない。一句の「また」には、そういう思いも入っています。夏には大会があるので、それまでにぜひ練習試合をやりたいのに、「マジかよ」という作者の悲痛な声が聞こえてきます。

新聞のレシピ切り抜く文化の日　　滝下真央（中三）

「文化の日」という季語を使うときは、さりげなく「文化」を感じさせる場面を選ぶのがコツです。たとえば展覧会に行ったというような場面は、直接的すぎるからNG。この作者はたぶん料理好きで、よく新聞のレシピを切り抜くのです。それを文化の日の場面にしたところがうまい。俳句には、ちょっとしたフィクションも必要なのです。

満月の話題で父と仲直り　　中林靜花（高三）

季語で「満月」といえば、十五夜（旧暦八月十五日）の月のことです。これはお父さんと月見をしている場面ですが、じつはその前にお父さんと意見が対立して、気まずい状態だったのです。でも何かのきっかけで、月の満ち欠けの話になり、おたがいが自分の知識を披露しあっている、そんな様子が浮かんできます。

ではその「話題」を、どっちから切り出したのか。この句からは、そんな想像も広がっていきます。そこに読者の似たような体験も加わってきて、あるある、といったストーリーが出来上がるのです。

◇言葉をどのように使うか

俳句の場面は、「写生」という言葉で絵画にたとえられます。「写生」というのは、頭の中だけで想像するのでなく、目の前のものをしっかり見て、それを写しとるという意味です。けれども俳句で「写生」するには、絵筆ではなくて、言葉を使うことになる。そこに絵画との決定的な違いがあるのです。

ある場面を言葉で表そうとすれば、言葉の使い方はそれこそ無限にあります。ですから場面を選んだら、次は言葉を選ばなければなりません。使う言葉によって、読者に伝わるイメージは変わってきます。伝えたい場面を、どんな言葉で表現するか。そこが作者の腕の見せどころであり、また、俳句の醍醐味にほかなりません。

はつもうで人のせなかに願いごと　細見妃那（小五）

「はつもうで」の場面ですが、お参りする場所がものすごく混雑していて、なかなか前に進めない。それで仕方なく、人々の後ろのほうでお参りしたわけです。それを作者は、「人のせなかに願いごと」と詠んでみせた。なるほど、「写生」には違いありません。

絵画でも、人々の後ろからお参りする場面は描けます。けれども、「人のせなかに願いごと」という表現はできません。ユーモアが効いていて、なかなかの腕前です。

星よりも街が輝くクリスマス　福田優心（小五）

「クリスマス」の街を歩くと、きれいなイルミネーションが目に入ってきます。それをそのまま、イルミネーションがきれい、と詠んだのでは、五年生の俳句にはなりません。ここではまず、「星」によって夜を表現します。そのうえで、夜空の「星」とイルミネーションの「星」を比べているのです。そして、イルミネーションのことは省略し（いわなくても分かるので）、「街が輝く」として「街」そのものを輝かせました。これはデフォルメ（誇張）という技法にあたりますが、そのことで作者の感動がより強く伝わってきます。

キックオフ同時に秋の雲動く　樽見大雅（中一）

サッカーの試合の場面です。キックオフの合図で、両チームの選手たちがいっせいに動き出すのですが、それを「秋の雲動く」と表現しました。じっさいに秋の雲が動いたわけではないでしょう。でも作者の目には、そのように見えたのです。というより、雲を動かすことで、試合のスピード感が表現されています。秋の雲は、たしかに刻々と形を変えるのですが、ここではまるで、キックオフのホイッスルに反応しているようです。

二の腕と同じ色なる麦茶飲む　渋谷和樹（高一）

「麦茶」が夏の季語ですが、この句はちょっと手が込んでいます。麦茶の色が「二の腕と同じ」とはどういうことかというと、つまりその部分が日焼けしているのです。それをそのまま詠んでもつまらないので、その日焼けを麦茶の色にたとえてみた。ウィットを利かせた句ですが、さらにその場面を、「飲む」で終わらせるのがおもしろい。飲んで「麦茶」がなくなっても、「二の腕」にはまだその「色」が残っています。

自転車の籠に夕焼載せてをり　渡部桜桃（高二）

「夕焼」が夏の季語です。自転車をこいでいると、前方の空が夕焼で真赤に染まっている。そして気がつくと、自転車の籠に夕日が当たっていて、まるで籠に夕焼を載せているように思えたのです。それを「夕焼載せてをり」といいきったことで、一篇のファンタジーが生まれました。映画『E.T.』のように、自転車が空を飛んでいく気分です。

◇小学生の秀句

あおぞらがうんどうかいをみているよ　　岡田悠希（小一）

「うんどうかい」は、なんといっても天気が心配です。でもこの日は、みごとに晴れてくれました。そうなると、「あおぞら」も観客のような気がしてきます。ここでは、うれしくて友だちのみんなに、「みているよ」と教えてあげているのです。

春の空けってせいこうさか上がり　　尾原美菜（小二）

「さか上がり」は、宙をけってはずみをつけるのがコツですが、この句は「春の空」をけってみせました。大げさだけど、カッコいい。それくらい思い切りけったので「せいこう」したのでしょう。鉄棒の上で見る「春の空」も、また気持ちのいいものです。

初日記さいしょの文字を美しく　　兵頭太嘉（小三）

「初日記」の最初のページを、きれいな字で書きはじめたのです。でも、そのうちだんだん字がきたなくなる。「美しく」のあとを省略した終わり方は、そうした結末を予測しているようでもあり、今年こそ最後まできれいな字で書こう、という決意のようにも思えます。せめて日記をつけるくらいは、三日坊主でなく最後まで続けましょう。

くつあとのひとつひとつに雪光る　尾谷れお（小四）

雪の日の朝、まだ誰も通っていない雪の上を歩いてきたのです。振り返ると、自分の「くつあと」が残っていて、そのくぼみに光があたっている。それを「雪光る」と詠んだところがこの句のポイントです。自分の足あとの「ひとつひとつ」に、スポットライトが当たっているようで、まるでレッドカーペットを歩いてきたような気分なのです。

祭りではいつもとちがう夜がくる　赤池未妃（小六）

これはちょっと変わった句で、散文（ふつうの文）と同じように言葉を使って、それが五七五のリズムによって俳句になっています。「いつもとちがう」といって、具体的に説明しなくても、読者にはそういう「祭り」の「夜」の感じがわかります。「くる」という終わり方も、なおさら想像力をかきたてる。ふしぎな魅力のある句です。

◇中学生の秀句

思い出の手紙見つけた大掃除　東　穂香（中一）

これは「大掃除」のついでに、机も整理したのかもしれません。すると引き出しから、「思い出の手紙」が出てきた。転校していった小学校時代の友だちの手紙でしょうか。なつかしくて読み返したりしていると、「大掃除」はなかなかはかどりません。

ハンガーに制服かけて年用意　真勢里奈子（中二）

「年用意」は、新年を迎えるための支度を整えることです。「ハンガーに制服かけて」という場面は、学校から帰ってきたときの動作で、「年用意」と直接は関係ない。これは、明日から冬休みなので、家族の手伝いをしようという作者の心構えなのです。

残る花まだ先輩になりきれず　野場千裕（中二）

「残る花」という季語は、春の終わりになっても咲いている桜のことです。四月に新入生が入ってきて後輩ができたのに、どうもまだ先輩になりきれない。「残る花」は、まだ一年生の気分が残っている自分に、どこか似ているような気がしているのです。桜の花がもう見られなくなるころには、ちゃんと先輩らしくならないと……。

傘を打つ雨の大きさ夏が来る　　鈴木裕斗（中三）

雨の「傘を打つ」音が、夏になると春とは違ってくる。とりあえずそう読めますが、一句はここで、「雨の大きさ」という言葉を生み出しました。この「大きさ」は、たんに音のことではない。その言葉から、長く続く梅雨や、激しく降る夕立が連想されてきます。俳句で「の」という助詞をうまく使うと、こういう奥行きが生まれるのです。

桜咲く星の形の五稜郭　　市村健太郎（中三）

「五稜郭」は幕末の箱館戦争の史跡ですが、現在は公園として桜の名所になっています。公園に隣接した五稜郭タワーから見下ろすと、それが「星の形」なのがわかる。そのことをうまく俳句にしました。いうならば「桜」と「星」の取り合わせで、満開の時期にそのタワーに上ると、「桜」が「星」の中で咲いているように見えるのです。

◇高校生の秀句

窓際に長方形の寒さあり　三原瑛心（高一）

中学生の秀句で採り上げた「雨の大きさ」と同様に、「の」を使って「長方形の寒さ」という比喩を作りました。上五に「窓際」とあるので、「長方形」は窓枠のかたちであることがわかる。作者が寒いというより、窓がいかにも寒そうなのです。

枝豆や止まらぬ父の武勇伝　鈴木綾乃（高一）

「枝豆」を食べながら、父が「武勇伝」を語っている。ようするに、お父さんは若い頃すごかったんだぞ、という自慢話です。「枝豆」は酒のつまみで、酔いも手伝ってその話が止まらない。たぶん何度も聞いた話で、作者はうんざりしているのです。

雪景色見えないものが見えそうな　乙川海人（高二）

茨城県の作者なので、雪国ではありません。「雪景色」は非日常的な風景であり、じっとなめていると、どこか幻想的な気分になってくるのです。「見えないもの」とは何だろう。たとえば四次元の世界のようなものか。「見えそうな」という連体形の下五には倒置法的な効果があって、そこからまた「雪景色」にもどるのです。

陽炎や津波到達点高し　千田洋平（高三）

これは岩手県の作者です。東日本大震災では、津波による大きな被害がありました。そのときの「津波到達点」が、町の中に表示されているのでしょう。中七から下五への句またがりで一気に詠んで、無造作に「高し」と終わる表現が効いている。そのときの悲惨な記憶が、「陽炎」の中でゆらゆらと揺れているのです。

夕桜振り返らずに橋渡る　島千尋（高三）

川沿いにずっと咲いている桜を、ゆっくり眺めながら歩いてきたのです。その場面を、「振り返らずに橋渡る」というワンショットで切り取ったところがいい。さらにその桜を、朝桜でも夜桜でもなく、「夕桜」にしたのもうまい。暮れなずむ春の夕ぐれどきだからこそ、「振り返らずに」が余韻として効いてくるのです。

◇教師の秀句

冬晴や整列を解くホイッスル　宮下嘉納子

作者は小学校の先生です。体育の授業でしょうか。始めに児童を「整列」させて、「ホイッスル」の合図でその列が解かれる。それから、体育座りになって先生の話を聞くのかもしれません。ホイッスルの音が、すっきりした「冬晴」と呼応しています。

成人式終へて母校を訪ねけり　白坂昭典

「成人式」は、久しぶりに学校時代の友だちに会う機会です。再会を喜び合い、思い出話が盛り上がって、「母校」に行ってみようということになる。この句では、先生がそれを迎えているのでしょうか。「先生、変わらないね」が、生徒たちの決まり文句です。

海までの道を覚えて夏終わる　森田香苗

「夏終わる」という季語は、ふつう夏の終わりを思わせる場面になりますが、この上五中七はユニークです。海に近い避暑地で、毎日のように海に通っていたのでしょう。「海までの道を覚えて」という何気ない言葉に、そうした日々を惜しむ気持ちが感じられます。あるいは、子供の頃の思い出なのかもしれません。

母の日の母を叱つてしまひけり　金澤謙吾

「母を叱つて」というのは、親子喧嘩ではありません。老いた「母」のあぶなかしい行動に、日ごろ息子はハラハラしているのです。そこで、何かのきっかけで叱ったら、その日がたまたま「母の日」だった。「しまひけり」には、ああ今日は母の日なのに、という後悔の気持ちが表れています。でも母を叱るのは、息子なりの愛情なのです。

箸すつと蕪に入り恋終はる　渡辺香苗

「蕪」は冬の季語。ここでは「かぶら」と読ませるので、かぶら蒸しでも食べているのでしょう。柔らかい蕪に箸がすっと入って、恋が終わったという。ただしこの「恋終はる」は、たんに失恋という意味ではない。それまで後を引きずっていたのが、気持ちに整理がついたということです。「箸すつと」に、そうした心の動きが表現されています。

◇まとめとして

「りんり俳句大賞」には、次のような選考基準があります。

・季語が入っていて十七音であり、句の調子が、五・七・五に整っていること。
・総じて素直にありのままを詠った句を選考する。
・同じような句が沢山でてくる可能性がある為、独創性に力点を置き審査する。
・学年、各部門に応じた審査を基準とする。
・児童・生徒の部門の作品で、大人が手を入れたと思われる句は審査対象からはずす。

（「りんり俳句大賞選考基準」より）

素直にありのままを詠むには、「雲一つない青空」とか「一面の銀世界」といった、使い古された言葉はNGです。初めは下手でもかまいません。自分の言葉が見つかれば、作者の個性が出てきます。もちろん、上手くなったほうが、俳句はより楽しいのです。

また、いわゆる「良い子」になる必要はありません。「良い子」になろうとすると、きまって同じような句になってしまう。俳句は文学ですから、ダメな自分をそのまま表現してください。そもそも文学者というのは、たいていどこかダメな人なのです。

吟行にでかけましょう！

石田郷子

ここでは、よりいきいきとした俳句をつくるための「吟行」について、授業に取り入れる方法を紹介します。

◇吟行の意義

ここでの「吟行」とは、大がかりなものではなく、俳句を作るために教室から野外へでかけることです。国語の授業で取り上げる俳句は、野外授業の一つとして行うことができます。

具体的には、季節を身体で感じながら、「季語」や俳句にしたい「もの」をみつけるために、歩いたり、立ち止まって観察したり、メモをとったりといった「取材」のことです。

景勝地などへ行って景色を楽しんだり、名所・旧跡など、特別な場所へでかけることもありますが、たとえば、植え込みや樹木のある校庭でも、何かしら季節の変化を感じられるものを見つけられるでしょう。

公園、土手、畑や田んぼなど、また町なかの商店街などでもかまいません。身近なところに吟行場所を探しておきましょう。

天候は選びません。危険さえなければ、雨でも外に出てみましょう。

また所要時間は、三十分以内（移動時間は含まない）でも十分可能です。

◇授業としての流れ

俳句を作ったことがない児童生徒が対象の場合①②が必要になります。

①俳句の定義を説明する

本書「よりよい俳句づくりに必要なポイント」参照（２６３ページ）

②俳句の作り方を説明する

俳句の作り方には、大きく分けて二つのタイプがあります。季語から発想して、自分の気持ちやイメージ、ことがらなどを自由に組み合わせて作る「題詠」と、その場で見たもの、出合ったものを見たとおり、感じたとおりに表現する「写生」（嘱目）です。

実際には、この二つの作り方は、明瞭に区別することはできませんが、教室の中では、「題詠」、吟行の場合は、見たもの、出合ったことがらで作る「写生」にチャレンジするように指導します。

吟行では、記憶が新しいうちに、その場で俳句を作ってみることで、既成の概念にとらわれない新鮮な印象を、ことばに残すことができるでしょう。

俳句の作り方を児童・生徒に説明する場合は、具体例をあげて俳句の鑑賞をするといいでしょう。

説明の仕方

「写生」は、いわば、ことばで情景を切り取るつくり方です。この定義に基づいて例句を選び、鑑賞し、味わった上で、その句のどういうところがいいのかを、一緒に考えてみましょう。

具体例

どんぐりがいつも近くに落ちている　　　福田碧生（小三・長崎県）

作者は、公園などの木立を歩いている時に、足元にどんぐりが落ちているのを見つけました。「ああ、もう秋なんだ」と気がつく瞬間です。それからは、どんぐりを拾ったり、木のこずえを見上げたりして歩いたことでしょう。どんぐりは、まるで自分の近くにばかり落ちているような気がするくらい、たくさん見つかりました。感じたままの、のびのびとした表現が、季節との新しい出会いを印象づけています。

転ぶたび青空見えるスキーかな　　　吉田直希（中一・埼玉県）

冬晴れの青空の下、ゲレンデの真白な雪の上で、スキーを楽しんでいる作者。度々転ぶところをみると、まだまだ初心者なのかもしれません。手足を投げ出すように、雪の上に転ぶと、真上には澄み切った青空が広がっています。転んだ時に青空が見えるというのは、一つの発見かもしれません。寒さを忘れさせるような、生き生きと、躍動感のある作品です。

霜柱わざわざ戻る踏みたくて　　乗松結衣（高一・山口県）

幼い頃、寒い冬の朝は、まだ誰も踏んでいない霜柱を真っ先に踏むのが楽しみだった、という人は多いと思いますが、成長した今も、霜柱を見るとつい踏みたくなってしまう人も、たくさんいると思います。作者もそんな一人です。小さい子どもなら、ためらわずにすぐ踏むところを、作者はちょっと迷ったのでしょう。通り過ぎてから、やっぱり踏みたいな、と思ってわざわざ戻ったのです。共感を覚える作品です。

③**吟行に必要なもの**

メモを取るためのノートと筆記用具

立ったままメモを取れるような大きさのノートと、ノートに固定できるクリップ付きのボールペンなど。小学生の場合は、クリップボードにメモ用紙をはさみ、首から下げたり、ひもでペンをくくりつけておくといいでしょう。

④**吟行場所**

・校庭

短時間の場合は、校庭でもよいでしょう。植栽のほかに、運動場での児童生徒の様子なども俳句にすることができます。

・近くの公園や遊歩道など

鳥や草木、また天候、気象など、視覚だけでなく、身体全体の「五感」で感じられるものを観察できます。

・商店街など生活感のあるところ

店先に季節のものが並んでいたり、道行く人の服装や表情なども作句の対象になります。

引率する人数にもよりますが、吟行場所は、授業で可能な範囲で探すことが出来ます。

⑤吟行の準備

あらかじめ下見をしておいて、児童生徒が見つけられそうな季語をいくつかピックアップしておくとよいでしょう。

ピックアップした季語をリストにして、簡単な歳時記としてプリントを作って配ると、児童・生徒の作句意欲を刺激すると同時に、観察の対象を見つけやすくすることができ、スムーズに進行させることができます。

また、高校生なら、大人と同じように、季語一覧のついた俳句手帳や、歳時記を携行してもいいでしょう。

【春の季語】
春の空・水温む・あたたか・春寒し・ぶらんこ・鳥の巣

【秋の季語】
秋の雲・秋の風・さわやか・小鳥・とんぼ・木の実・紅葉

――春

春の空・水温む・あたたか・春寒し・ぶらんこ・鳥の巣・つばめ（つばめ来る）・木の芽・芽吹き・草の芽・チューリップ・いぬふぐり

――秋

秋の雲・秋の空・秋ぐもり・秋の風・秋の雨・さわやか・肌寒し・小鳥（せきれい、鵙）・とんぼ・秋の蟬・かまきり・木の実（どんぐり、ぎんなん）・コスモス・萩の花・紅葉

ただし、用意したプリントに沿って観察するのではなく、自由に観察できるようにしましょう。

実際には、子どもたちの興味を引くものが、ほかに見つかることも多いと思います。それが、季語に結び付くかどうか、その場で調べることも必要になるかもしれません。指導者は、携帯用の歳時記（四季すべてが入ったもの）を持っていると便利です。

また、季節は刻々と進んでいきますので、下見からあまり間を置かずに吟行した方がい

いでしょう。

⑥吟行

いよいよ吟行です。

子どもたちに自由に観察させ、出合った「もの」や「ことがら」をメモ帳に書きとめさせます。

その「もの」「ことがら」が、実際にどう見えたか、どんな感じがしたか、その印象も書きとめるようにしましょう。

また、浮かんだことばなども、どんどん書きとめます。

これらが俳句の材料になります。


短い時間で吟行する場合は、テーマを絞りましょう。

草花や樹木など、いつも見ている身近なものを、あらためて観察し、五感を働かせられるように仕向けましょう。

たとえば一本の樹木でも季節によって、さまざまな季語になっています。

落葉樹なら、「冬芽」「木の芽」「芽吹き」「若葉」「青葉」「茂り」「緑蔭」「木下闇」「落葉」「枯木」「冬木」「裸木」など。常緑樹なら「春落葉」「常盤木落葉」「若葉」「冬木」など。そしてそれぞれの木の花や実も、季語になっていることがあります。

⑦実際に俳句をつくる

吟行のあと、記憶が新しいうちに俳句を作ってみましょう。

常識や既成概念を捨てて、実際に見たり感じたり、発見したことを、俳句の形に収めてみることが大切です。

作句は二句前後、時間は短くて構いません。(10分程度)

「きれいだな」「楽しいな」などの、ありきたりな感想を入れないで作るように仕向けましょう。

⑧句会を開く

俳句を作ったら、句会を開いてみましょう。

野外でも、教室に戻ってからでも、場合に応じて、句会のやり方を工夫しましょう。

教室に戻ってからの作句、句会については『学校俳句歳時記』の「句会を開きましょう」を参考にしてください。

少人数の場合は、野外でも、簡単な句会を開くことができます。

野外で句会を開く場合は、先生が、画用紙、マジックペンなどを用意しておき、できた句をそれぞれその場で清記させます。一句でいいでしょう。その句を見ながら、鑑賞し合います。

一緒に吟行した後ですから、共感し合うことが多いはずです。

全員がすべての作品をよく読み、その中でいいと思った句を選び、点数の入った句については作者に名乗ってもらい、全体で表彰します。

りんり俳句の十年を振り返って

俳句の種

川上まなみ

先生の機嫌の悪い秋黴雨

私が、第十一回りんり俳句大賞二学期の部で銅賞をいただいた句だそうだ。この文章を執筆するために、高校生の頃の作品を引っ張り出すまで、私はこの句を書いたことをすっかり忘れていた。「先生、今日イライラしてるな。怒らせないように気をつけなきゃ。」と、先生たちの機嫌をよく見て行動していた高校生から、今私は教師となり、生徒からきっと「今日の川上先生は機嫌が悪い。」と噂されている。

飛騨神岡高校で、俳句と短歌を教えてくださる先生に出会って以来、私は俳句と短歌のとりこである。大学生になり、社会人になり、生活は変わったけれど、私は俳句と短歌を作り続け、二〇二三年春、今まで作った短歌を一冊の本にまとめることができた。「第九回現代短歌社賞」の次席受賞をきっかけに、出版社の方にお声がけをいただいたのだ。いつか自分の本を出すことが夢だったので、歌集『日々に木々ときどき風が吹いてきて』として本の形になり、たくさんの方に作品を読んでもらえて嬉しい。

今は、自分で作品を作るだけでなく、教員として生徒に俳句や短歌を教えている。作るのも楽しいけれど、生徒の俳句を読むのも楽しい。生徒らは最初は「俳句って難しい。」

と嫌な顔をするものの、次第にするすると言葉を紡ぎ出す。そうして自分自身をそのまま言葉にしたような、等身大の俳句が生まれる。

現在勤務している日枝中学校では、生徒会主催でひまわりを育てる「スマイルラッシュプロジェクト」が開催され、去年はプロジェクトの一環として、ひまわりの俳句を詠んだ。例えば、こんな一句。

ひまわりは人間よりも上を向く　　日枝中学校一年　岡田弥音

確かに、私たち人間は下を向いてばかりだ。もっと上を向いて生きられるといいのに。岡田さんの人間とひまわりを対比させた鋭い視点にどきっとした。

ひまわりや先生の恋叶わない　　日枝中学校二年　中田優毅

「川上先生って、恋人いなさそう。」と、中田くんはにやっとしてこの句を詠んだ。私がどうかは置いておいて、ひまわりと取り合わせになっているので、なんだか明るい雰囲気で、叶わない恋にもめげない先生の像が見えてくる。

周りの誰でも、どんなものでも、俳句の種になる。それに気付くと俳句はぐんと面白くなるはずだ。私は今日も、生徒と一緒に学校生活を過ごす。青葉風が教室を吹き抜けて、一生懸命な生徒が眩しい。

教卓の前に座ってあこがれの人を光に例えている子

俳句のススメ

西東京市立保谷小学校　校長　加納直樹

　はじめに、上廣倫理財団がりんり俳句大賞の十一回から二十回をまとめられ、ここに歳時記を発行されることを心からお慶びを申し上げます。

　二〇一九年度から始まったＧＩＧＡスクール構想により、小学生たち一人に一台の情報端末が与えられました。教育のＩＣＴ化はさらなる進化を続け、学校がデジタル技術を活用してカリキュラムや学習のあり方のみならず、教職員の業務や組織、プロセス、学校文化をも革新し、時代に対応した教育を確立するといった、デジタルトランスフォーメーションにより、理想の教育を実現しようとする動きはますます加速しています。子供たちやその保護者は、常に新しい情報を吸収し、教師のそれをはるかに超えて早く、学校は、そうした社会の現象を知らないでは済まされない状況にあります。子供たちが、ＩＣＴ機器を上手に使いこなすことで、未来を構築していく想像力の基盤を培っていくことは大切なことだからです。

　しかし、それと同時に、子供たちが、自身の言葉で過去の文化を継承していく能力を培う責務もあるはずです。言葉によって情景、心情を創造し、日本の文化を先人から受け継いでいくことを子供たちに求めています。私の勤務校では、学期にたった一回ではあるけれど、全校児童と全教職員で俳句に取り組んできました。りんり俳句大賞への投句は、最初はほんのお試しのつもりでした。これが、投句するたびに毎学期入選者が出て、子供たちの目の輝きは増していきました。四季折々、ほんの短い一瞬でも立ち止まり「心のシャッターを切る」そんな時間を作るようになったのです。目の前に浮かぶ情景、今の思いを短い言葉に託し、俳句を詠む。最も短い自分だけの文学。その思いを集めて投句を続けていると、予期せぬことに、文部科学大臣賞や学校優秀賞を受賞することができました。みんなで取り組んできたからこその栄誉。りんり俳句大賞は、俳句作りを通して、自然や社会、そして自分と向き合い対話する機会を作ってくれています。そして目標に向かって挑戦し続けることの楽しさも教えてくれます。

管理職として勤務してきた武蔵村山市立大南学園第七小学校、杉並区立三谷小学校、杉並区立高井戸第四小学校。その全ての学校の子供たちが俳句に目を輝かせて取り組めているのは、りんり俳句大賞があったからこそだと思います。これからも私は子供たちと共に俳句を詠み続けていきます。

大きな広がりとの出会い

武蔵村山市立大南学園第七小学校　教員　爲國里美

「感動作文コンクールに、俳句入賞のことが書かれていますが、是非りんり俳句に応募してもらえないだろうか」とお電話をいただきました。それまでいくつかの俳句コンクールに応募をしていました。しかし、りんり俳句は、教員一人の俳句で児童五人しか応募できません。応募するにはハードルが高かったので諦めていたのです。でもお話をいただいたのだからと第一回の二学期から六年生と担任、一部の教職員が応募を始めました。

そして、勤務十年目を迎えた現勤務校での一年目にりんり俳句の募集を目にし、やってみたいというはやる気持ちと一緒に、躊躇したのを覚えています。それまでも俳句作りはやってきたので自信はあったのですが、一年生の担任をしていたので「一年生に俳句なんて」と返されたら、教員の俳句が集まるだろうかと心配になったのです。これまでの職場では、反対する人も多く十分な活動をすることができませんでした。

そこで一か八か校長先生のところにりんり俳句の説明に行くことにしました。なんと「どうせやるなら、みんなでやろうよ」と、即答で快諾をもらうことができたのでした。

さっそく、これまで実践してきたことを生かし、俳句についても掲示物を作成、一年生の廊下天井には季語を掲示し、「季語の小径」を作りました。俳句だよりの発行（時候の様子、季語や俳句の紹介など）、そして、いつでも俳句を記すことのできるようにと教職員を含めた全児童に俳句帳を持たせました。

こうして、学期ごとのりんり俳句は、わが校全体の大きなイベントの一つとなり、遠足や移動教室で、休み時間にも俳句を詠む姿を見るようになりました。低学年でも楽しそうに俳句を詠む姿が見られると話してくれる教職員もいます。また、職員室でも季語や、俳句のことが話題になることもあります。

俳句帳に詠まれるたくさんの俳句は、他の俳句コンクールへの応募につながり、これまで約八五〇句が入賞を果たしました。これらは、俳句だよりで紹介し、全校朝礼で表彰、短冊は受賞者に渡す他、廊下にも掲示します。いろいろな個性を持った子供たちの入賞は本人に大きな自信をもたらし、家族や友達、周りの人たちに感動を与えてくれます。

そして、三月に発刊している句集『おおみなみ』は小中一貫校ということもあり、全児童生徒、教職員、そして幼児を含む家族、学校評議員、学童保育担当者、放課後子供教室スタッフも俳句を寄せる一冊で「言の葉学校」のわが校の宝物の一つです。

主要季語一覧

春

●立春（二月四日頃）から立夏（五月六日頃）の前日まで。

【時候】

春（はる）
二月（にがつ）
立春（りっしゅん）
早春（そうしゅん）
冴返る（さえかえる）
春寒（はるさむ）
余寒（よかん）
春（はる）めく
三月（さんがつ）
如月（きさらぎ）
啓蟄（けいちつ）
彼岸（ひがん）
四月（しがつ）
春（はる）の日（ひ）
春暁（しゅんぎょう）
春（はる）の暮（くれ）
春（はる）の夜（よ）
暖（あたた）か
麗（うらら）か
長閑（のどか）
日永（ひなが）
花冷（はなび）え
行（ゆ）く春（はる）

【天文】

春（はる）の空（そら）
春（はる）の雲（くも）
春（はる）の月（つき）
朧（おぼろ）
春（はる）の闇（やみ）
春風（はるかぜ）
東風（こち）
春雨（はるさめ）
春（はる）の霜（しも）
春（はる）の虹（にじ）
春雷（しゅんらい）
霞（かすみ）
陽炎（かげろう）
花曇（はなぐもり）

【地理】

春（はる）の山（やま）
山笑（やまわら）う
春（はる）の野（の）
水温（みずぬく）む
春（はる）の川（かわ）
春（はる）の海（うみ）
春（はる）の土（つち）
春泥（しゅんでい）
残（のこ）る雪（ゆき）
雪崩（なだれ）
雪解（ゆきどけ）
薄氷（うすらひ）
流氷（りゅうひょう）

【生活】

春灯（しゅんとう）
野焼（のやき）
耕（たがえし）
種蒔（たねまき）
茶摘（ちゃつみ）
磯遊（いそあそび）
野遊（のあそび）
花見（はなみ）
ボートレース
凧（たこ）
風船（ふうせん）
春眠（しゅんみん）

春愁（しゅんしゅう）
卒業（そつぎょう）
入学（にゅうがく）
虚子忌（きょしき）
巣箱（すばこ）
桜鯛（さくらだい）
白魚（しらうお）
蛍烏賊（ほたるいか）
蛤（はまぐり）
蝶（ちょう）
蜂（はち）
蜂の巣（はちのす）

【行事】

建国記念の日（けんこくきねんのひ）
みどりの日（みどりのひ）
春分の日（しゅんぶんのひ）
憲法記念日（けんぽうきねんび）
初午（はつうま）
雛祭（ひなまつり）
涅槃会（ねはんえ）
修二会（しゅにえ）
遍路（へんろ）
仏生会（ぶっしょうえ）
復活祭（ふっかつさい）
西行忌（さいぎょうき）

【動物】

馬の子（うまのこ）
春の鹿（はるのしか）
猫の恋（ねこのこい）
猫の子（ねこのこ）
亀鳴く（かめなく）
お玉杓子（おたまじゃくし）
蛙（かわず）
鶯（うぐいす）
雲雀（ひばり）
燕（つばめ）
鳥雲に入る（とりくもにいる）
囀（さえずり）
雀の子（すずめのこ）
鳥の巣（とりのす）

【植物】

梅（うめ）
椿（つばき）
桜（さくら）
花（はな）
牡丹の芽（ぼたんのめ）
花水木（はなみずき）
沈丁花（じんちょうげ）
躑躅（つつじ）
藤（ふじ）
山吹（やまぶき）
桃の花（もものはな）
木の芽（このめ）
柳（やなぎ）
アネモネ
フリージア
チューリップ
クロッカス
ヒヤシンス
菜の花（なのはな）
春の草（はるのくさ）
下萌（したもえ）
草の芽（くさのめ）
菫（すみれ）
紫雲英（げんげ）
蒲公英（たんぽぽ）
土筆（つくし）
蕨（わらび）
犬ふぐり（いぬふぐり）
蓬（よもぎ）
水草生う（みくさおう）
若布（わかめ）

夏

●立夏（五月六日頃）から立秋（八月八日頃）の前日まで。

【時候】

夏（なつ）
初夏（しょか）
五月（ごがつ）
立夏（りっか）
薄暑（はくしょ）
麦の秋（むぎのあき）
六月（ろくがつ）
夏至（げし）
晩夏（ばんか）
七月（しちがつ）
夏の朝（なつのあさ）
短夜（みじかよ）
暑し（あつし）
灼く（やく）
涼し（すずし）
秋近し（あきちかし）
夜の秋（よるのあき）

【天文】

夏の空（なつのそら）
雲の峰（くものみね）
夏の月（なつのつき）
夏の風（なつのかぜ）
南風（みなみ）
青嵐（あおあらし）
薫風（くんぷう）
梅雨（つゆ）
五月雨（さみだれ）
夕立（ゆうだち）
虹（にじ）
雷（かみなり）
五月闇（さつきやみ）
夕焼（ゆうやけ）
日盛（ひざかり）
片蔭（かたかげ）
旱（ひでり）

【地理】

夏の山（なつのやま）
夏野（なつの）
夏の川（なつのかわ）
夏の海（なつのうみ）
卯波（うなみ）
植田（うえた）
青田（あおた）
泉（いずみ）
滴り（したたり）
滝（たき）

【生活】

更衣（ころもがえ）
浴衣（ゆかた）
半（はん）ズボン
サングラス
日傘（ひがさ）
夏帽子（なつぼうし）
汗拭い（あせぬぐい）
冷奴（ひややっこ）
豆飯（まめめし）
心太（ところてん）
アイスコーヒー
氷水（こおりみず）
新茶（しんちゃ）
夏座敷（なつざしき）
噴水（ふんすい）
網戸（あみど）
簾（すだれ）
扇（おうぎ）

団扇(うちわ)
扇風機(せんぷうき)
風鈴(ふうりん)
虫干(むしぼし)
行水(ぎょうずい)
田植(たうえ)
鵜飼(うかい)
納涼(すずみ)
夏スキー(なつ)
登山(とざん)
キャンプ
泳ぎ(およ)
夜店(よみせ)
花火(はなび)
ナイター
水遊(みずあそび)
蛍籠(ほたるかご)
草笛(くさぶえ)
跣足(はだし)
髪洗う(かみあら)
汗(あせ)
日焼(ひやけ)
夏越(なごし)
安居(あんご)

【行事】

こどもの日(ひ)
母の日(ははのひ)
父の日(ちちのひ)
端午(たんご)
祭(まつり)
桜桃忌(おうとうき)

【動物】

鹿の子(かのこ)
蝙蝠(こうもり)
雨蛙(あまがえる)
守宮(やもり)
蜥蜴(とかげ)
蛇(へび)
時鳥(ほととぎす)
郭公(かっこう)
燕の子(つばめのこ)
鮎(あゆ)
金魚(きんぎょ)
初鰹(はつかつお)
鱧(はも)
蛍(ほたる)
蟬(せみ)
空蟬(うつせみ)
蚊(か)
蟻(あり)
蝸牛(かたつむり)

【植物】

葉桜(はざくら)
牡丹(ぼたん)
紫陽花(あじさい)
青梅(あおうめ)
夏木立(なつこだち)
若葉(わかば)
茂(しげり)
緑蔭(りょくいん)
卯の花(うのはな)
茨の花(いばらのはな)
桐の花(きりのはな)
杜若(かきつばた)
花菖蒲(はなしょうぶ)
向日葵(ひまわり)
睡蓮(すいれん)
百合(ゆり)
筍(たけのこ)
蓮(はす)
麦(むぎ)
夏草(なつくさ)

秋

●立秋（八月八日頃）から立冬（十一月七日頃）の前日まで。

【時候】

秋
八月
立秋
残暑
秋めく
新涼
九月
十月
秋の朝
秋の暮
秋の夜
夜長
爽やか
身に入む
肌寒
夜寒
秋深し
行く秋
冬隣

【天文】

秋晴
秋の声
秋高し
秋の雲
鰯雲
月
名月
良夜
十六夜
後の月
星月夜
天の川
流れ星
秋風
野分
台風
雁渡し
秋の雨
稲妻
秋の虹
霧
露
秋の夕焼

【地理】

秋の山
花野
秋の田
水澄む
秋の川
秋の海
不知火

【生活】

新米
新酒
秋の灯
灯籠
火恋し
秋の炉
冬支度
案山子
鳥威し
稲刈
秋思
運動会
夜学

【行事】

七夕（たなばた）
盆（ぼん）
踊（おどり）
終戦日（しゅうせんび）
重陽（ちょうよう）
敬老の日（けいろうのひ）
秋分の日（しゅうぶんのひ）
赤い羽根（あかいはね）
体育の日（たいいくのひ）
文化の日（ぶんかのひ）
子規忌（しきき）

【動物】

鹿（しか）
猪（いのしし）
渡り鳥（わたりどり）
雁（かり）
落鮎（おちあゆ）
鯊（はぜ）
秋刀魚（さんま）
鮭（さけ）
秋の蚊（あきのか）
秋の蝶（あきのちょう）
蜩（ひぐらし）
法師蟬（ほうしぜみ）
蜻蛉（とんぼ）
虫（むし）
蟋蟀（こおろぎ）
鈴虫（すずむし）
蟷螂（とうろう）
蓑虫（みのむし）
芋虫（いもむし）

【植物】

木犀（もくせい）
木槿（むくげ）
梨（なし）
柿（かき）
林檎（りんご）
葡萄（ぶどう）
栗（くり）
無花果（いちじく）
柚子（ゆず）
金柑（きんかん）
紅葉（もみじ）
黄葉（こうよう）
桐一葉（きりひとは）
木の実（このみ）
団栗（どんぐり）
銀杏（ぎんなん）
山椒の実（さんしょうのみ）
山葡萄（やまぶどう）
朝顔（あさがお）
鶏頭（けいとう）
鳳仙花（ほうせんか）
鬼灯（ほおずき）
菊（きく）
西瓜（すいか）
南瓜（かぼちゃ）
糸瓜（へちま）
芋（いも）
生姜（しょうが）
稲（いね）
秋草（あきくさ）
草の花（くさのはな）
末枯（うらがれ）
萩（はぎ）
薄（すすき）
葛（くず）
野菊（のぎく）
曼珠沙華（まんじゅしゃげ）
桔梗（ききょう）
茸（きのこ）

冬

●立冬（十一月七日頃）から立春（二月四日頃）の前日まで。

【時候】

冬（ふゆ）
初冬（はつふゆ）
神無月（かんなづき）
十一月（じゅういちがつ）
立冬（りっとう）
小春（こはる）
十二月（じゅうにがつ）
冬至（とうじ）
師走（しわす）
年の暮（としのくれ）
大晦日（おおみそか）
一月（いちがつ）
寒の内（かんのうち）
冬の暮（ふゆのくれ）
冬の朝（ふゆのあさ）
冬の夜（ふゆのよ）
冷たし（つめたし）
寒し（さむし）
三寒四温（さんかんしおん）
厳寒（げんかん）
日脚伸ぶ（ひあしのぶ）
春近し（はるちかし）

【天文】

冬晴（ふゆばれ）
冬の空（ふゆのそら）
冬の月（ふゆのつき）
冬の星（ふゆのほし）
冬北斗（ふゆほくと）
北風（きた）
空風（からかぜ）
時雨（しぐれ）
冬の雨（ふゆのあめ）
霰（あられ）
霙（みぞれ）
霜（しも）
初雪（はつゆき）
雪（ゆき）
雪晴（ゆきばれ）
風花（かざはな）
吹雪（ふぶき）
冬夕焼（ふゆゆうやけ）
冬の虹（ふゆのにじ）

【地理】

冬の山（ふゆのやま）
山眠る（やまねむる）
枯野（かれの）
冬田（ふゆた）
冬の水（ふゆのみず）
冬の川（ふゆのかわ）
冬の波（ふゆのなみ）
霜柱（しもばしら）
氷（こおり）
氷柱（つらら）

【生活】

冬服（ふゆふく）
セーター
ジャケット
コート
毛布（もうふ）
着ぶくれ（きぶくれ）
冬帽子（ふゆぼうし）
マスク
餅（もち）
葛湯（くずゆ）
おでん

湯豆腐（ゆどうふ）
寒卵（かんたまご）
冬構（ふゆがまえ）
冬籠（ふゆごもり）
冬座敷（ふゆざしき）
絨毯（じゅうたん）
暖房（だんぼう）
ストーブ
炭（すみ）
炬燵（こたつ）
湯（ゆ）たんぽ
狩（かり）
焚火（たきび）
火事（かじ）
押（お）しくら饅頭（まんじゅう）
スキー
スケート
ラグビー
寒稽古（かんげいこ）
湯（ゆ）ざめ
風邪（かぜ）
咳（せき）
息白（いきしろ）し
日向（ひなた）ぼこ
日記買（にっきか）う

【行事】

七五三（しちごさん）
勤労感謝（きんろうかんしゃ）の日（ひ）
年（とし）の市（いち）
柚子湯（ゆずゆ）
クリスマス
追儺（ついな）

【動物】

熊（くま）
冬（ふゆ）の鹿（しか）
狐（きつね）
狸（たぬき）
鼬（いたち）
兎（うさぎ）
鷹（たか）
寒雀（かんすずめ）
梟（ふくろう）
水鳥（みずどり）
鴨（かも）
千鳥（ちどり）
鶴（つる）
白鳥（はくちょう）
鮫（さめ）
鮪（まぐろ）
鰤（ぶり）
河豚（ふぐ）
寒鯉（かんごい）
牡蠣（かき）

【植物】

帰（かえ）り花（ばな）
寒椿（かんつばき）
山茶花（さざんか）
茶（ちゃ）の花（はな）
ポインセチア
落葉（おちば）
枯木（かれき）
冬枯（ふゆがれ）
水仙（すいせん）
大根（だいこん）
枯尾花（かれおばな）

新年

●新年（正月）は一月一日から十五日くらいまで。

【時候】

新年（しんねん）
正月（しょうがつ）
初春（はつはる）
今年（ことし）
去年今年（こぞことし）
元日（がんじつ）
元朝（がんちょう）
二日（ふつか）
三日（みっか）
三が日（さんがにち）
四日（よっか）
五日（いつか）
六日（むいか）
七日（なぬか）
松の内（まつのうち）
松過（まつすぎ）
餅間（もちあい）
小年（こどし）
小正月（こしょうがつ）
女正月（おんなしょうがつ）
仏正月（ほとけしょうがつ）
二十日正月（はつかしょうがつ）
初三十日（はつみそか）
春永（はるなが）

【天文】

初茜（はつあかね）
初東雲（はつしののめ）
初明り（はつあかり）
初日（はつひ）
初空（はつぞら）
初晴（はつばれ）
初霞（はつがすみ）
初風（はつかぜ）
初東風（はつごち）
初松籟（はつしょうらい）
初凪（はつなぎ）
御降り（おさがり）
淑気（しゅくき）

【地理】

初景色（はつげしき）
初富士（はつふじ）
初筑波（はつつくば）
初比叡（はつひえい）
初浅間（はつあさま）
若菜野（わかなの）

【生活】

着衣始（きそはじめ）
春着（はるぎ）
開豆（ひらきまめ）
開牛蒡（ひらきごぼう）
数の子（かずのこ）
熨斗（のし）
芋頭（いもがしら）
節料理（せちりょうり）
屠蘇（とそ）
初竈（はつかまど）
年の餅（としのもち）
雑煮（ぞうに）
太箸（ふとばし）
門松（かどまつ）
注連飾（しめかざり）
鏡餅（かがみもち）
飾海老（かざりえび）
飾米（かざりごめ）
松納（まつおさめ）

飾納（かざりのう）
鏡開（かがみびらき）
初手水（はつちょうず）
掃初（はきぞめ）
初座敷（はつざしき）
初暦（はつごよみ）
初湯（はつゆ）
初電話（はつでんわ）
笑初（わらいぞめ）
泣初（なきぞめ）
話初（はなしぞめ）
初鏡（はつかがみ）
初夢（はつゆめ）
宝船（たからぶね）
寝正月（ねしょうがつ）
年始（ねんし）
年玉（としだま）

年賀状（ねんがじょう）
書初（かきぞめ）
読初（よみぞめ）
日記始（にっきはじめ）
初旅（はつたび）
乗初（のりぞめ）
稽古始（けいこはじめ）
初席（はつせき）
新年会（しんねんかい）
初句会（はつくかい）
仕事始（しごとはじめ）
御用始（ごようはじめ）
初市（はついち）
初荷（はつに）
買初（かいぞめ）
蔵開（くらびらき）
歌留多（かるた）

双六（すごろく）
福笑い（ふくわらい）
羽子板（はごいた）
独楽（こま）
福引（ふくびき）
七種

【行事】

初詣（はつもうで）
破魔矢（はまや）
餅花（もちはな）
初神楽（はつかぐら）
左義長（さぎちょう）
かまくら
初場所（はつばしょ）
なまはげ
成人の日（せいじんのひ）

【動物】

初雀（はつすずめ）
初鴉（はつがらす）
初鶏（はつとり）
初声（はつこえ）
初鶯（はつうぐいす）
初鳩（はつばと）
初鶴（はつづる）
伊勢海老（いせえび）
嫁が君（よめがきみ）

【植物】

歯朶（しだ）
楪（ゆずりは）
穂俵（ほだわら）
福寿草（ふくじゅそう）

薺（なずな）
御形（ごぎょう）
仏の座（ほとけのざ）

協力校一覧

【北海道】
小樽市立銭函小学校
札幌市立宮の森小学校
松前町立大島小学校
石狩市立厚田学園
上砂川町立上砂川中学校
釧路市立共栄中学校
士別市立朝日中学校
立命館慶祥中学校

【青森県】
風間浦村立蛇浦小学校
黒石市立牡丹平小学校
十和田市立高清水小学校
青森明の星中学校
佐井村立佐井中学校
弘前市立第二中学校
弘前市立東目屋中学校
中泊町立小泊中学校
むつ市立大湊中学校
むつ市立むつ中学校
七戸高等学校
柴田女子高等学校
八戸高等学校
三沢高等学校

【岩手県】
金ケ崎町立三ケ尻小学校
葛巻町立江刈小学校
盛岡市立城内小学校
水沢高等学校

【宮城県】
石巻市立蛇田小学校
大河原町立大河原中学校
大河原町立金ケ瀬中学校
聖ウルスラ学院英智中学校
仙台市立郡山中学校
仙台市立柳生中学校
登米市立中田中学校

【秋田県】
五城目町立五城目第一中学校
秋田西高等学校

【山形県】
酒田市立田沢小学校
鶴岡市立西郷小学校
鶴岡市立大山小学校
天童市立天童南部小学校
米沢市立上郷小学校浅川分校
米沢工業高等学校

【福島県】
須賀川市立阿武隈小学校

【茨城県】
境町立長田小学校
常陸太田市立金砂郷小学校
常陸太田市立世矢小学校
古河市立諸川小学校
下館第一高等学校附属中学校
鬼怒商業高等学校
境高等学校
下妻第一高等学校
結城第二高等学校
常陸太田市立峰山中学校
江戸川学園取手高等学校
古河第二高等学校

【栃木県】
大田原市立金丸小学校

【群馬県】
高崎市立岩鼻小学校
東吾妻町立原町小学校
渋川市立渋川中学校
玉村村立玉村中学校
前橋市立東中学校
常磐高等学校
利根実業高等学校

【埼玉県】
神川町立丹荘小学校
久喜市立栗橋西小学校
羽生市立羽生南小学校
小川町立欅台中学校
川越市立福原中学校

北本市立西中学校
坂戸ろう学園
東秩父村立東秩父中学校
三芳町立藤久保中学校
上尾南高等学校
桶川高等学校
桶川西高等学校
所沢高等学校
所沢西高等学校

【千葉県】
我孫子市立布佐南小学校
勝浦市立勝浦中学校
千葉市立幸町第一中学校
千葉市立新宿中学校
千葉市立花見川中学校
渋谷教育学園幕張高等学校

【東京都】
足立区立島根小学校
足立区立千寿小学校
足立区立六木小学校
足立区立中川北小学校
江戸川区立篠崎小学校
江戸川区立西小松川小学校
大南学園第七小学校
葛飾区立南綾瀬小学校
江東区立第二辰巳小学校
江東区立第六砂町小学校
小平市立学園東小学校
杉並区立高井戸第四小学校
杉並区立三谷小学校
墨田区立小梅小学校
豊島区立清和小学校
千代田区立千代田小学校
練馬区立光和小学校
東村山市立秋津小学校
日野市立仲田小学校
府中市立府中第十小学校
文京区立明化小学校
御蔵島村立御蔵島小学校
明晴学園小学部
江戸川区立南葛西第二中学校
台東区立駒形中学校
江戸川高等学校
正則学園高等学校
二松学舎大学附属高等学校

【神奈川県】
洗足学園中学校・高等学校
二宮町立二宮中学校

【新潟県】
小千谷市立吉谷小学校
上越市立北諏訪小学校
新潟市立両川小学校

【富山県】
高岡市立牧野小学校
射水市立射北中学校

【石川県】
金沢西高等学校
金沢錦丘高等学校

【福井県】
鯖江市神明小学校
越前市武生第二中学校坂口分校

【山梨県】
南部町立栄小学校
上野原高等学校

【岐阜県】
大垣市立静里小学校
大垣市立墨俣小学校
大垣市立西小学校
高山市立花里小学校
飛騨市立河合小学校
関市立富野中学校
鶯谷高等学校
吉城高等学校
飛騨神岡高等学校

【静岡県】
静岡市立大川中学校
静岡市立蒲原中学校
静岡市立清水第四中学校
静岡市立清水第七中学校
静岡市立城内中学校
静岡市立東中学校
静岡市立東豊田中学校

引佐高等学校

【愛知県】

岡崎市立本宿小学校
西尾市立矢田小学校
愛知教育大学附属岡崎中学校
安城市立安祥中学校
江南市立宮田中学校
小牧市立小牧西中学校
新城市立新城中学校
新城市立東郷中学校
東海市立加木屋中学校
名古屋中学校
西尾市立東部中学校
岡崎東高等学校
高蔵寺高等学校
幸田高等学校
豊橋西高等学校
名古屋高等学校
豊田市立山之手小学校

【三重県】

津市立高茶屋小学校
紀南高等学校
宇治山田高等学校

【滋賀県】

長浜市立上草野小学校
長浜市立虎姫小学校

【京都府】

同志社国際高等学校

【大阪府】

泉佐野市立第二小学校
大阪教育大学附属天王寺小学校
大阪市立長吉六反中学校
枚方市立第三中学校
八尾市立高美中学校
大阪桐蔭高等学校

【兵庫県】

神戸市立淡河小学校
丹波市立芦田小学校
丹波市立進修小学校

【奈良県】

興東館柳生中学校
五條市立五條東中学校
奈良市立平城東中学校
大淀高等学校

【和歌山県】

紀美野町立下神野小学校
紀の川市立那賀小学校
岩出市立岩出中学校
岩出市立岩出第二中学校
紀の川市立鞆渕中学校
紀の川市立那賀中学校
有田中央高等学校清水分校
初芝橋本高等学校

【鳥取県】

鳥取市立美保小学校

【島根県】

海士町立福井小学校
益田市立匹見小学校
情報科学高等学校

【岡山県】

山陽女子中学校
興陽高等学校
山陽女子高等学校

【広島県】

福山市立川口小学校
福山市立走島中学校
福山市立広瀬中学校
東広島市立平岩小学校

【山口県】

下関市立長府中学校
宇部商業高等学校
徳山高等学校
山口高等学校

【徳島県】

阿南市立椿小学校
石井町高川原小学校

【香川県】

高松市立古高松中学校

【愛媛県】
愛南町立家串小学校
愛南町立平城小学校
伊予市立佐礼谷小学校
宇和島市立天神小学校
宇和島市立立間小学校
砥部町立広田小学校
愛南町立内海中学校
西条市立西条東中学校
済美平成中等教育学校
八幡浜市立愛宕中学校
八幡浜市立真穴中学校
八幡浜市立保内中学校
今治西高等学校
済美高等学校
伯方高等学校
松山中央高等学校

【高知県】
安田町立安田中学校
室戸市立室戸中学校

【福岡県】
豊前市立三毛門小学校
東福岡自彊館中学校
門司学園中学校

【佐賀県】
太良町立多良小学校
白石町立有明中学校

【長崎県】
佐世保市立歌浦小学校
長崎市立飽浦小学校
平戸高等学校

【熊本県】
相良村立相良北小学校
山都町立蘇陽中学校
八代工業高等学校

【大分県】
大分市立明治小学校

【宮崎県】
小林市立小林中学校
宮崎学園中学校

【鹿児島県】
阿久根市立田代小学校
西之表市立古田小学校
鹿児島市立小山田小学校
霧島市立平山小学校
薩摩川内市立里小学校
薩摩川内市立副田小学校
三島村立大里小学校
南九州市立大丸小学校
日置市立伊集院北中学校
三島村立大里中学校

【沖縄県】
名護市立大北小学校
那覇市立仲井真小学校
那覇市立松島中学校
宮古島市立上野中学校
沖縄工業高等学校
首里高等学校

【中国】
蘇州日本人学校

先生と子どもたちが詠んだ 学校俳句歳時記

初版発行　2024年3月14日

監　修　星野高士
　　　　仁平　勝
　　　　石田郷子
企　画　公益財団法人　上廣倫理財団
発行者　石川一郎
発　行　公益財団法人　角川文化振興財団
　　　　〒359-0023　埼玉県所沢市東所沢和田3-31-3
　　　　ところざわサクラタウン　角川武蔵野ミュージアム
　　　　電話 050-1742-0634
　　　　https://www.kadokawa-zaidan.or.jp/
発　売　株式会社 KADOKAWA
　　　　〒102-8177　東京都千代田区富士見2-13-3
　　　　電話 0570-002-301（ナビダイヤル）
　　　　https://www.kadokawa.co.jp/
印刷製本　中央精版印刷株式会社
装幀･DTP　南　一夫
編集協力　小野あらた／樫本由貴／銭谷孝子

ISBN 978-4-04-884549-6 C0592